Let M
エルとエム

わたしがあなたを愛する理由、
そのほかの物語

市川しんす［著］
寒竹ゆり・鎌田智恵［原作］

祥伝社文庫

本作は、ＢｅｅＴＶドラマ
『Let M　わたしがあなたを愛する理由、そのほかの物語』（下記参照）
を元にした小説です。

〈キャスト〉
沢尻エリカ
村上 淳　中村 蒼　岡田義徳　入山法子　津田寛治 ほか

〈スタッフ〉
監督●寒竹ゆり
脚本●寒竹ゆり　鎌田智恵
製作●柳崎芳夫
プロデューサー●三宅裕士　宇田 充　渡辺和昌
ファッション・プロジェクト統括●平松 圭
特別協力●sweet（宝島社）　GLAMOROUS（講談社）
協賛●イエーガーマイスター
制作●WOWOW　アスミック・エース エンタテインメント　ブロードマークス
製作・著作●ＢｅｅＴＶ（エイベックス通信放送）

Contents

プロローグ

四月のある晩、表参道の通りを二人の女性が歩いていた。

どちらもピンヒールを履いていて、歩くたびコッコッとリズミカルな音をたてていた。同じような音を響かせている二人だけど、彼女たちはまるで違うタイプだった。

右側から歩いてきたほうの女性は、グラマラスな洋服にクールなメイクを施していて、名前を絵瑠《える》といった。二十八歳で、職業はフレンチレストランのシェフ。仕事にやりがいを見出している彼女は、男に頼らずに生きていくのをモットーとしていた。

『恋愛なんてくだらない』

肩で風を切り、颯爽《さっそう》と歩く彼女の顔には間違いなくそう書いてあった。もしかしたら、過去に痛い恋をしたのかもしれない。それは分からないが、何処からどう見ても、誰がどう見ても、絵瑠は確実にかっこいい女だった。

一方、左側から歩いてきた彼女は、ふんわりした洋服にスイートなメイクを施していた。かわいいものが大好きなその彼女の名は絵夢《えむ》といった。

『恋愛より大切なものなんてこの世にない』

そう断言するのは、絵夢だった。彼女は、今、二十五歳でフレンチレストランのウエイトレスとして働いているけれど、いつだって仕事を辞める準備はできていた。そう、優しくてかっこいい王子様が自分を迎えに来てくれたら、そうしたら、いつだって辞めてやるのに。彼女は真剣にそう思っていた。が、王子様はそんなに簡単にはやってきてくれないようだ。彼女は、王子様に出会えるまでの間、適当な男と、恋愛ごっこばかりしてきた。

こうして、互い違いの方向からカツカツと歩いてきたこの二人は、ちょうど表参道ヒルズの前ですれ違った。そして、すれ違う瞬間、彼女たちはチラッとお互いを見て、どちらも同じことを思った。

――自分とは真逆の一番苦手なタイプ――

絵瑠は絵夢を見て、男にもてることしか考えないんだろうとげんなりしたし、絵夢は絵瑠を見て、クールを気取る女はかわいげがなくてもてないよね、と思わずにはいられなかった。

すれ違ったあと、彼女たちは心底思った。

――ああいうふうにだけはなりたくない――

まさか、そんなふうにまで思うこの正反対の二人の間に、不思議な繋《つな》がりがあるとは、このときは、本人たちはもちろん、誰も知るはずがなかった。

すれ違ったあと、柔らかい夜風を髪に浴びながら、二人はそれぞれの方向に進み、それぞれの場所からタクシーに手を上げた——。

M story（絵夢の物語）

― sweet ―

二〇一一年四月二十九日　PM八時十二分

四月も残すところあと二日。春ももう中盤に差しかかろうとしていた。その日、絵夢は淡いピンク色のパーティードレスを身に纏《まと》い、表参道の大通りを鼻歌交じりに歩いていた。前下がりのボブヘアに重ためにつくった前髪、淡いパステルカラーのメイクが色白の肌によく映えていた。

しかし、夜はまだ寒い。それでも、長袖の上着を重ねるより、今日着ているファーのジレ（ベスト）を着ていきたかった。今日頭に着けている先日買ったばかりのヘアアクセサリーに一番合うのが、絵夢的にはそのジレだった。でも、この選択は失敗だったかもしれない。絵夢は少し後悔していた。ノースリーブはさすがにまだ早かった。露出している肩はひんやりとした夜風にさらされ、冷たくなってきた。とはいえ、店の中に入ってしまえば、上着なんて必要ないのだが……。

絵夢はタクシーを拾うことに決めた。友人たちと約束しているパーティー会場は南青山にある。歩いて行けないこともないが、寒さを感じながら歩くのなんてごめんだった。しかし、週末のこの時間だ。場所も場所だし、タクシーはそう簡単に拾えそうになかった。

「……」

車道に向かって思い切り手を上げるも、案の定タクシーはなかなかつかまらない。

絵夢は口を尖《とが》らせ、肩をすくめた。こんなかわいい子が手を上げているのに……。

彼女の顔にはそんなことが描いてあるようだった。

「あ……」

ふと前方を見た絵夢の視界に、タクシーを拾うことに成功した男の姿が飛び込んできた。スーツ姿のその彼は絵夢よりかなり年上に見えたが、顔もかっこよく、明らかにイケてる感じがした。タクシーに乗り込んでいくその彼を見ているうちに、彼女の顔には小悪魔の笑みが浮かんでいた。

直後、絵夢は彼の乗り込んだタクシーに向かって駆け出した。そして、彼に次いでそのタクシーに乗り込んだのだ。

「南青山まで」

「……!」

先に乗っていた彼はア然として、彼女のほうを向いた。

「あ、すみませ〜ん。どちらまで?」

全く悪気なさそうに上目遣いで尋ねる絵夢に、彼は驚きつつも微笑を浮かべると言った。

「運転手さん。南青山まで」

絵夢は、彼のその粋な対応に満足そうに微笑んだ。

絵夢と彼を乗せたタクシーは、夜の街を静かに走り出した。

「ねえ、これからパーティーなんだけど、よかったら一緒に行かない？」

絵夢は彼に言った。遠目から見たとき、イケてると思ったその彼は、近くで見るとますますかっこよかった。彼をエスコート役として連れていったら、友人たちは皆驚き、羨ましがるだろう。絵夢はそう思って彼を誘った。

「パーティーか。残念ながら用が残ってて。デートなら喜んでお受けするんだけど」

彼は言った。彼のその切り返しに絵夢はまた微笑んだ。

「そうだ。これ、どっちがいいかな？　なかなか決められなくて」

絵夢はふいにバッグから華奢《きやしや》な作りの金色のネックレスを二つ取り出してみせた。

「うーん……」

彼は一瞬唸《うな》るも、片方を指さし言った。

「こっち」

「やっぱり。いいセンスしてる」

絵夢は目を細めると、早速彼の選んだほうのそれを着けようとした。けれど、走るタクシーの中だ。自分で着けるのは思った以上に難しかった。手こずっていると、彼が不意に絵夢の手からネックレスを取り上げた。そして、突然、絵夢の首に腕を回したのだ。予想外に彼の顔があまりにも近くにきたものだから、絵夢は思わずドキッとしてしまった。彼はそんな絵夢の気持ちなど気がついていないのだろうか、彼女を見つめたまま、器用にそれを着けてみせた。

「うん。すごく似合ってる」

絵夢を見つめたまま呟《つぶや》く彼に、彼女は少し照れくさそうにはにかんだ。そして、

「ホント？」と上目遣いで尋ねる彼女に、

「このタクシーごと買い取りたいぐらい」

目を細めてそう言う彼に、絵夢は肩を揺らした。なんて、面白い男なんだろう。

絵夢は、彼に対して、ますます関心を持った。

「お客さん、そろそろ着きますけど」

無情にもタクシーは目的地に差しかかろうとしていた。もっと一緒に過ごしていたかった。絵夢は肩をすくめると彼のことをじっと見つめた。

「あなたは？」

「僕はもう少し先まで」

「そっか……」

絵夢は残念そうに、バッグの中から財布を取り出した。楽しかった時間ももう終わりだ。

「ああ、いいよ」

彼は、笑顔で首を横に振ると、彼女の財布をそっとバッグに戻した。

「いや、でも」

少しだけ戸惑う絵夢に、彼はにっこりと微笑んで言った。

「じゃあ、今度コーヒー奢《おご》ってよ」

絵夢は目を丸め彼のほうを向いた。微笑を浮かべる彼に、彼女は微笑を浮かべ返すと、少し考えてから運転手に言った。

「運転手さん、ペンあります？」

「ええ。どうぞ」

運転手からペンを受け取ると、彼女は突然、隣に座るその彼の左腕をそっと掴《つか》んだ。そして、ゆっくりと引き寄せると、そこに指輪が光っていないことを確認してから、彼女はサラサラとペンで何かを書いた。

「それじゃ、楽しい夜を……」

書き終え、ペンを返したあと、彼女は彼の耳元でそっと囁《ささや》いた。それから、彼の頬に一つキスを落としたのだった。

タクシーを降りてからは、絵夢は彼を乗せたタクシーに向かって何度も何度も手を振っていた。彼を乗せたタクシーは、そうして彼女に見送られるようにして、夜の街へと消えていった。

「お客さんは？」

絵夢を降ろしたあと、運転手は彼に尋ねた。

「もう少し先まで」

さらっと答える彼の顔をバックミラーで覗《のぞ》きながら、運転手はニヤリと笑って尋ねた。

「……よかったんですか？」

彼は、その質問にフッと笑うと頷《うなず》いた。

「ええ」

頷く彼の視線の先には自分の左腕があった。そこには、数字が十一個しっかりと書かれていた。それは、絵夢の携帯番号だった。

＊＊＊

週末のクラブは賑《にぎ》わっていた。そこで、いつもつるんでいる女友だち三人と合流した絵夢は、先ほどのタクシーの一件を早速、彼女たちに話した。

「……めちゃくちゃかっこよかったんだよね。でも、おかしいな。来ないなぁ」

皆と話しながらも、何度も携帯をいじる絵夢。彼女はタクシーの彼から連絡が来るのを今か今かと待ちわびていた。

「絵夢、焦りすぎ。大体連絡来るかどうかなんてわかんないっしょ」

「大丈夫。ちゃんと仕込んどいた～」

絵夢は、にんまりと微笑を浮かべてみせた。

「さっすがー」

「ね、絵夢がそんなに言うくらいだもんね。本当にかっこよかったんだ。ね、ね、芸能人でいうと誰系？」

友人の一人に訊《き》かれ、絵夢は「えーとね……」と考え始めた。しかし、すぐ、

「どんなだっけなー」と呟いた。

「おいおい、忘れたんかい」

「……あ、ねぇ。あの子可愛くない？」

不意に友人の一人が、バーの前にいる男の子を指さした。くっきりした二重に、高い鼻がバランスよく小さな顔に収まっている。背も高い。その男の子の周囲にはすでに、取り巻きが数人いた。

「かわいい！　……いや、でも、ちょっとディフェンス堅すぎない？」

「通りすがりにわざとお酒こぼして、あー！　ごめんなさーい！　とか言わない限り声かけられないんじゃない」

「何その古典！　ないわー！」

三人が盛り上がっていると、彼女たちの耳に不意に聞き覚えのある声が響いた。

「あー！　ごめんなさい！」

絵夢の声だった。絵夢はいつの間にかバーに近づき、その男の子の服にわざとお酒をこぼしていたのだ。わざとにもかかわらず、絵夢はとても慌てた様子で彼に向かって謝っていた。

「どうしよう……染みになる前に、ちゃんとトイレで洗ったほうがいいかも」

そう言ってそっと彼の手をとると、彼女はそのままトイレに向かい歩き始めた。

「……さすが！」

古典の技を堂々とやってのける絵夢に、三人はつくづく感心した。

けれど、次の瞬間、絵夢の腕は別の男に引っ張られた。

「ちょっと！　どこ行くの？」

絵夢は、腕を引っ張ってきた男の顔を見て、一瞬、気まずそうな顔をしたが、すぐに笑みを浮かべて言った。

「啓《けい》！　来てたんだ！」

啓と呼ばれたその彼は、絵夢が倒したグラスを見て肩をすくめた。

「また……。ほら、帰るぞ」

「でも、ちゃんと洗わないと……」

「いいから。すみませんでした」

啓は、男に一礼すると、絵夢の腕を引っ張ったまま歩き出した。

「えー、ちょっと……」

「ほら、早く！」

「ゴメン……またね……！」

抗《あらが》おうとするも、啓はぐいぐい引っ張っていく。絵夢はあきらめると、お酒をこぼしたイケメンと、席で待つ三人の友だちに慌てて手を振ったのだった。

クラブの外に出ると、啓はやっと絵夢の腕を解放した。放すや否や彼は言った。

「あのさあ、あんなことしてたらマジで広田《ひろた》さんに捨てられるよ？」

「広田？　ああ、久しぶりに聞いた、その名前」

心配そうに言う啓に、絵夢はクスクスと肩を揺らしてみせた。

「マジかよ……。いい加減ちゃんと付き合える男探せよ」

呆《あき》れる啓をよそに、絵夢はふんふんと鼻歌交じりに歩き出した。けれど、不意に振り返り、言った。

「あーあ、飲み足んない……。そうだ、啓の家で飲みなおそっか？」

「うち？」

啓は一瞬考えてから、首を横に振った。

「今日はダメ」

「……ケチ、なんでよ」

「ダメなものはダメなの」

「えー」

「はい、ほら来ましたよ。はい、お疲れさまでした」

　啓は、あっさりとタクシーを止めると、駄々をこねっぱなしの絵夢を無理やり押し込んだ。

「代沢四丁目の交差点までお願いしますね。……真っ直《す》ぐ帰れよ！　いいな」

「……はーい」

　絵夢は渋々ながら頷いた。タクシーはパタンとドアを閉めるとすぐ、ゆるやかに走り出した。絵夢を乗せて、夜の街を走り出したタクシーを、啓は肩をすくめたまま見送るのだった。

　タクシーがゆるやかな勾配の坂道を下ったところで、絵夢は携帯のタッチパネルを操作し、電話帳をチェックし始めた。

「んーと……」

　啓に言われたことなんてちっとも気にしていなかった。彼女は、電話帳から適当に相手を選ぶと、早速通話ボタンを押した。

『ただいま留守にしております。御用件を……』

「……」

　短い呼び出し音のあと、繋がった電話は、留守電だった。

がっかりしつつも、彼女はめげず次にかける相手を探そうとした。そのときだ、手にしていた携帯が鳴り始めた。

「もしもし?」

彼女は瞬殺で電話に出た。

『おお、おほほほほ……、あれ、パーティー終わったの?』

電話の相手は、タクシーの彼だった。随分酔っぱらっているようだ。それでも、絵夢は、小さくガッツポーズをすると、微笑を浮かべて答えた。

「ううん。今から別のパーティーに向かってるとこ」

『そう。さっきタクシーの中に口紅忘れていったけど』

絵夢は、笑みを浮かべたまま頷いた。

「ああ、そこにあったんだ……」

彼女は一瞬考えてから、囁くように言った。

「……今から取りにいこっかな?」

『パーティーはいいの?』

電話の向こうで、彼が笑った。

「そんなこと言ったっけ?」

小悪魔的な笑みを浮かべて尋ねる絵夢に、彼はまた笑い、そのあと、絵夢に待ち合わせ場所を告げた。

「うん、わかった」

それだけ言うと、電話を切った。電話を切ったあともニマニマしていると、手の中の携帯が再び鳴った。見ると『倉田 啓』と表示されていた。絵夢がちゃんと帰っているかのチェックだろう。

「……」

絵夢はしばらく画面を見つめたあと、迷うことなく、『切』ボタンを押したのだった。

二〇一一年四月三十日　AM二時四十分

タクシーの彼の名は真一《しんいち》といった。橘《たちばな》真一——。彼は、待ち合わせをした絵夢のために素敵なホテルをおさえてみせた。絵夢と落ち合ったあと、彼は早速そのホテルに絵夢を連れていった。絵夢は尻尾《しっぽ》を振って、喜びいさんでついていった。

「はい……うーん……」

彼女をエスコートするも、真一はだいぶ酔っているようで、その足取りはフラフラと千鳥足だった。

「わー、海が見える」

部屋に通されるや否や、絵夢は大きな窓に向かって駆けていった。広い部屋、高い天井。白を基調としたおしゃれなインテリア、テーブルの上には豪華な花も活けてある。こんな素敵なホテルに泊まるのは初めてだった。絵夢はワクワクするその気持ちを抑えることができなかった。そもそも抑える必要もなかった。

「海？ うーん……。僕には君しか見えないんだけど」

真一は両手を双眼鏡のように丸めると、そこから絵夢を見ながらフラフラと近づいてきた。そして、そのまま背後から絵夢のことをギュッと抱きしめると、彼女にキスをしようとした。けれども、絵夢はするりとそれをかわすと、ちょこんと首を傾《かし》げて言った。

「さっきまでどこで飲んでたの？」

「うん？ うーん、ちょっと友だちとね」

真一は絵夢の傍《そば》にやってきて、笑った。

「うそだね」

絵夢は窓際のほうに移動すると、そこにひょいっと腰を下ろした。そして、微笑を浮かべたまま真一のことを見つめた。

「全員男だって。後輩が女の子ナンパしようとしたけど、全然ダメだった」

笑いながら言う真一のことを、絵夢は上目遣いに見つめた。

「真一は？　真一だったらナンパくらい簡単でしょ？」

長い睫毛《まつげ》が妖艶に揺れた。ほくそえんで尋ねる絵夢に、真一はオーバーな身振りで答えた。

「俺は全然ダメ。その前に美女に振られて傷心中《しょうしんちゅう》だったから」

絵夢はプッと吹き出した。

「よく言うよ！」

真一は微笑を浮かべたまま、楽しそうに笑う絵夢のことをじっと見ていた。絵夢も彼のことをじっと見つめ返した。そうして、二人の息が合った瞬間。真一が、絵夢のことをひょいっと抱き上げた。

「きゃっ」

今度はもう逃げだせそうにない。絵夢は真一を見つめた。

「教えてよ、上手な女の子の口説き方」

真一は彼女を抱えたまま言うと、もう一つの部屋へ続く扉を開けた。

「ふふふ……」

絵夢は落っこちないように、真一にしっかりとしがみついてクスクス笑っていた。

真一が開けた扉の向こうには、ベッドルームが広がっていた。お姫様が眠るような、見るからに高級そうな広いベッドだった。真一は絵夢を、そこにそっと下ろした。下ろされた絵夢は、真一のことを見つめたまま楽しそうに言った。

「そうだなあ……、女の子を口説くにはロマンチックなプレゼントとか！」

「プレゼント？　そうだなあ……」

真一はわざとらしく真剣な面持ちを浮かべると、ジャケットのポケットを探った。

「あ、パンしかねえや」

どこからくすめてきたのか。彼は、内ポケットから小さなフランスパンを一つ取り出すと、絵夢に手渡した。絵夢は笑いつつも、ネイルが施された指先でそれをひょいっとつまむと、そのままポイッと後ろに投げ捨てた。

「ほかにはー？」

「うーん、ほかほか、ほかには……」

真一が楽しそうにして、またジャケットのポケットを探っていると、絵夢がそのジャケットに手を伸ばしてきた。彼女は、それをそっと脱がせながら、真一を上目遣いで見つめた。

「ジャケットにはブルーベリージャムとか？」

絵夢の小悪魔っぽい視線に、真一は微笑を浮かべ、直後、彼女をベッドに勢いよく押し倒した。

「……ジャケットから、何か見つかった？」

優しく尋ねる真一に絵夢は、色気を含んだ声で答えた。

「これじゃ分かんない」

「それじゃあ……」

ドサッと音を立て、真一が絵夢の上に覆いかぶさってきた。

「ちょっと！　……」

絵夢は嬉《うれ》しくて仕方なかった。うんと、甘い時間になるに違いない。そう思った。

けれど。

「……？　……！」

なんと、真一は絵夢に覆いかぶさったまま、スースーと寝息をたてはじめてしまったのだ。やはり、飲み過ぎていたのだろう。爆睡だった。がっかりしないわけではなかったけれど、彼のあまりに心地よさそうな寝顔に、絵夢は母性本能をくすぐられてしまった。

「……もう」

彼女はため息を吐《つ》いたが、その顔は優しさで満ちていた。彼女は、そのままの体勢で自分もそっと瞳を閉じると、静かに眠り始めたのだった。

＊＊＊

翌日、絵夢は軽い頭痛と共に目覚めた。

「うーん……。あ！」

むくりと起き上がった彼女は、ハッとして部屋を見渡した。カーテンから差し込む光が眩《まぶ》しい。夢みたいに豪華な部屋の中には、自分以外誰もいなかった。慌てて隣の部屋に行くも、やっぱり誰もいない。しかし、誰もいない代わりに、豪華な朝食のワゴンが置かれていた。銀色のワゴンには銀食器が並べられ、食器の中にはおいしそうなスープやパンがあった。ワゴンには、ガーベラとカスミソウのフラワーアレンジメントまで乗っていた。

「……？」

驚いて見ていると、そこにカードが置かれていることに気がついた。

『おはよう。忘れ物は今度取りに行きます』

カードを拾い上げた絵夢は首を傾げた。

「忘れ物……」

なんだろう。ぐるりと部屋を見渡したが、特に目につくものはなかった。

それで、ベッドルームのほうへ戻ってみた。すると、あったのだ。

ベッドの上に、フワフワしたアイボリーのクマのぬいぐるみが置かれていた。絵夢は、微笑みながら手を伸ばし、ぬいぐるみをそっと抱き上げた。彼女は嬉しさのあまり、それに優しく顔をこすりつけたのだった。

二〇一一年四月三十日 PM七時三十三分

「ふーん、それでこいつ、ちゃんと持って帰ってきたんだ」

ふわふわのクマのぬいぐるみを片手に持った啓は、白いアイアンベッドの上で感心して呟いた。啓は、裸だった。彼の服はそのベッドの下に全て散乱していた。

啓の隣に寝転がっていた絵夢は、彼の手からぬいぐるみを奪い返すと、満面に笑みを浮かべてみせた。

「素敵でしょ〜？　なんか映画みたいじゃない？」

嬉しそうに尋ねる絵夢もまた何も着ていなかった。

裸の男と、裸の女。どう見ても二人は、明らかにコトを済ませたあとのようだった。

「で、そいついくつなの？」

啓が訊くと絵夢はう〜んと首を捻りながら言った。

「……三〇後半くらいじゃん？」

「結婚は？」

絵夢は自分の左手の薬指を指して、不敵の笑みを浮かべた。

「してなかったよ！」

「……だといいけど」

心配そうに言う啓の言葉をあっさり無視して、絵夢はクマのぬいぐるみをギュッと抱きしめると、感嘆の息を洩《も》らして言った。

「ちょっと待って、もしかして……、これって運命かも⁉」

目をキラキラ輝かせて言う絵夢に、啓は欠伸《あくび》を一つしてから言った。

「その台詞《せりふ》、何回目だよ？」

呆れ口調で言う啓を、またまた無視して絵夢は続けた。

「どうしよう。次会うときは興奮しすぎて抱きついちゃうかも！」

「いいんじゃない？　突然キスして好きです！　って告っちゃえよ！」

啓は、唐突に、絵夢にノリを合わせてきた。絵夢は笑顔を浮かべた。

「啓、それいい！　真一、好き！」

絵夢は思い切り大きな声で言うと、啓に飛びつきチュッとキスをした。

「俺も大好きだー！」

啓のほうも絵夢を抱きしめ返すと、大声で叫んでみせた。

「大大大好きーー！」

「大好きー！」

小花柄のベッドの上、裸のまま二人は楽しそうにじゃれあうのだった。

『もしもし、人質は預かっている。助けてほしけりゃ、電話してこい』

啓のおかげでテンションが上がった絵夢は、彼が帰ったあと、早速真一に電話をかけた。こういうのは勢いが肝心なのだ。真一本人は出ず留守番電話に繋がったので、彼女はわざと声を低くしてそうメッセージを吹き込んだ。

『……人質は預かっている。助けてほしけりゃ、電話してこい』

「……」

携帯を耳に当て、絵夢から届いたそのメッセージをチェックしたとき、真一はとある場所にいた。彼は、ゆったりとした一人がけのソファーに座って、携帯に耳を傾けていた。それを聞き終えるのと同じタイミングで、彼の背後から声が響いた。

「そろそろご準備お願いします」

真一は振り返ると「はい」と返事をした。それから、スクッと立ち上がり、テーブルに携帯を置くと、スタスタとその部屋を出ていった。

実は、彼はこれから結婚式を迎えようとしていた。もちろん、絵夢はそんなことを知る由もなかった。

「ふふ……。ふふふ」

真一がどんな反応で切り返してくるか、あまりに楽しみで、彼女は自分の部屋のベッドの上でクマのぬいぐるみとご機嫌に戯れているのだった。

二〇一一年五月七日　PM八時四十分

「ワタリガニのビスク(スープ)がお二つ、えー、鴨のテリーヌが二つですね。かしこまりました」

ディナータイム、賑わうレストランの中、絵夢はにこやかな笑みを浮かべ客からオーダーをとっていた。絵夢は、二か月ほど前から、このフレンチレストランでウエイトレスとして働いている。別にフランス料理にも、ウエイトレスにも興味があったわけじゃない。それでも、働かざる者食うべからず、だ。彼女は仕方なしに働いていた。

料理がおいしくて雑誌やネットでも評判な上、外観もおしゃれだ。そんなレストランで働くのもかっこいいかなと思って面接を受けたものの、いざ働き始めると、仕事はなかなかハードだった。

「ちょっと……、ちょっと……!」

オーダーを取り終えて歩いていると、上司であるギャルソンの男が絵夢の腕を摑んできた。緩やかなウエーブがかかった髪に黒ぶちメガネ、その男の名前はアキといった。

「五番テーブルのオーダー取ったの新人ちゃん？」

「はい。そうですけど……」

「これ、魚のヴァプール（蒸し）ってなってんだけど……」

オーダー票を見せられた絵夢はキョトンとして首を横に振った。

「いえ、あちらのお客様は蒸した魚が嫌いな……」

言いかけてハッとした。アキに見せられたオーダー票はヴァプールの箇所に丸がついていた。その丸をつけたのは自分だった。

「すみません！　グリエ（焼き）の間違いでした！　ごめんなさい！」

絵夢はやってしまったという顔をして、慌てて謝った。アキはハアッとため息を吐《つ》くと、「厨房《ちゅうぼう》行ってくる」とだけ言って、小走りで去っていった。アキがいなくなったあと、絵夢はしゅんとした様子で客席へと戻っていった。一つのミスが、次のミスを呼んでしまうというのはよくあることなのだが、絵夢も例外ではなかった。

ガチャン！

客席に大きな音が響いた。絵夢が、水を注ごうとして客席のシャンパンを倒してしまったのだ。

「ごめんなさい‼」

大慌てで謝る絵夢の元に、厨房へ行ったばかりのアキが慌てて駆けつけた。

「何やってんのよ！　ねえ、ちょっと！　タオルとほうき持ってきて！　早く！

……申し訳ございません。お怪我《けが》などございませんか？」

アキは絵夢に叱咤《しった》してから、その後、何度も何度も客に頭を下げていた。絵夢は、その間に、大急ぎで、裏にタオルとほうきを取りに行った。

大急ぎで取りに来たはずなのに、裏に入った途端、絵夢は肩をすくめた。自然と手がポケットに入る。彼女は携帯を取り出すと、無言のまま、メールをセンターに問い合わせた。

『受信メールはありません』

画面に出た文字に、絵夢は深いため息をこぼした。絵夢がここのところぼーっとしてミスを連発してしまうのは、真一のせいだ。いや、正確には、真一から全く音沙汰《おとさた》がないからだ。絵夢は、仕事中でも、気がつけば彼のことばかり考えてしまっていた。

「何やってんの⁉　タオルとほうき！　早く！」

ぼんやりと携帯を眺めていた絵夢は、アキの怒鳴り声でハッと我に返った。

「ハイッ！」

慌てて返事をすると、彼女は棚からタオルとほうきを持って客席へと急いだ。客席ではアキがメガネの下の目を三角に吊《つ》り上げて、彼女が戻ってくるのを待っていた。

「すみません、今拭きますので……」

アキは客に向かってにこやかに微笑むと、それから絵夢のほうを振り返り鬼のような顔をして言った。

「早くやんなさい！　早く！」

「ハイッ！」

絵夢は、アキに指示されるまま、一生懸命になって客席を拭いた。その後も、小さなミスをいくつかしでかしてしまい、アキに幾度となく注意された。自分でも、自分が嫌になりそうだった。絵夢にとって、その日は、閉店までの時間がいつもよりうんと長く感じられたのだった。

「何かあったの？　ここんとこミスが多いようだけど」

閉店後、レストランは先ほどまでの賑わいが嘘《うそ》のように、シーンと静まり返っていた。

そんな中、一人寂しく掃除機をかけている絵夢のところに、予約表を手にしたアキが絵夢に近づいてきて尋ねた。

「いえ……」

絵夢は掃除機のスイッチを切りながら俯《うつむ》いて答えた。けれど、彼女は何を思ったかパッと顔を上げるとアキのことを見た。

「あの、ちょっとだけ」

「外の悩みは職場には持ち込まない」

アキは絵夢の目を見てピシャリと言った。

「……はい」

絵夢は再び俯いた。

「明日の予約、確認しておいて」

アキは、予約表を棚に置くと絵夢を残したままホールをあとにした。

一人残された絵夢は、肩をすくめたままアキが置いていった予約表をパラパラとめくりはじめたが、あるところでパッと手を止め、目を丸めた。

「あ……、うそ！」

絵夢の視線の先には『橘 真一様 二名』の文字があった。

＊＊＊

「橘真一、一九七一年生まれ。東京都出身、東京大学を卒業後大手都市銀行に入行、ハーバード大学でＭＢＡを取得し帰国後独立。現在日本でも有数の若手起業家として知られる……って……これってすごくない⁉」

帰宅後、家着に着替えた絵夢はタブレット端末でネット検索をしながら、啓に電話していた。啓はため息交じりに返してきた。

『……けど、あれ以来連絡ないんでしょ？』

絵夢は、ムッとして立ち上がった。

「忙しいのよ！　起業家なんだから」

『うさんくさー…』

啓はぼそりと呟いた。そんなことでめげる絵夢ではなかった。彼女は、真一にもらったクマのぬいぐるみを手に取ると、それを見つめながらはっきりと言った。

「絶対落としてみせる！」

意気込む絵夢に、啓は『はいはい……』と適当に相槌《あいづち》を返してきた。

＊＊＊

翌日のディナータイム、人知れずメイクに気合を入れて臨んだ絵夢は、そのとき、ア然とせずにはいられなかった。待ち焦がれた真一がエントランスから入ってくると、彼の隣には色白の美女がにっこりと微笑んでいた。黒く艶《つや》やかな髪が彼女の色の白さを際立たせていた。

「……」

目を点にして立ちすくむ絵夢に気がつかないのか、真一は全く動じない様子でレストランの中へとスタスタ入っていく。

「いらっしゃいませ。ああ、奥様、今日も一段とお綺麗《きれい》で。どうぞ……お席のほうもご用意してあります」

一緒に出迎えたアキが真一の隣にいる女に向かって、笑みを浮かべて言った。

その女と真一は、アキに案内され、そのまま店の奥へと消えていった。

「……オクサマ？」

彼らの背中を見送った絵夢はポツリと呟いた。思考回路が繋がるまでには、少しばかり時間がいるようだった。

＊＊＊

「おいしいわね」

「ああ」

絵夢はホールに戻ったあと、何かにつけて真一とその奥様の様子をうかがっていた。真一の妻は出された料理をナイフとフォークを巧みに使い、本当に上品に口に運んでいた。こんなに綺麗に食べる人を絵夢はかつて見たことがなかった。食べ方だけじゃない、肌だって綺麗だ。鼻筋も通っているし、顔のバランスだっていい。スタイルがいいのもよく分かった。絵夢が持っていないものを全て持っている気がした。絵夢は、やきもきしながら、二人を見ていた。真一に話しかけたい。でも、できない。

そのとき、ふいに、真一の妻がワインリストに手を伸ばした。そして、それをじっと見たあと、はたと手を上げ、一番近くにいた絵夢を呼んだ。

「……ボルドーの赤、いただけます？」

「……かしこまりました」

緊張しつつ、顔に笑みを貼りつけてオーダーを取った絵夢は、裏に下がった途端、急にいいことを思いついた。

「……お待たせいたしました」

数分後、絵夢は真一の妻に頼まれたボルドーの赤ワインのボトルと、ワイングラスを二つトレイに乗せて、真一たちの席まで運んできた。

「ありがとう」

何も知らない真一の妻は、にこやかに絵夢からグラスを受け取った。絵夢も穏やかに微笑むと、真一の妻のグラスにワインをサーブした。そして、静かに席から離れた。絵夢に注がれたワインを妻が口にした途端、妻の向かいに座っていた真一は目を丸めた。

「……！」

なんと真一の妻が手にしているワイングラスの底には、口紅で投げキスをするクマのイラストが描かれていたのだ。しかも、そこには『ＣＨＵ！』という文字まで添えられていた。

「……」

真一は慌てて視線を、ワインを運んできたウエイトレスに向けた。彼の視線が絵夢のところに来た瞬間、彼女は仕事中だということも気にせず、手を口元に置くと、唇を突き出して、そのクマと同じポーズをしてみせた。そんな絵夢を見て、真一は目の前に妻がいることも忘れて、思いっきり目を細めたのだった。

「ありがとうございました」

真一とその妻の食事が終わった。迎えたときと同様、アキと絵夢が見送りに出た。

「楽しかったよ。ありがとう」

真一は、アキと絵夢に向かって微笑むと、それから妻に向かって「行こう」と囁いた。

「ええ。おいしかったわね」

「うん」

嬉しそうに腕を組んで歩く妻と、真一の背中を見送りながら、絵夢は含蓄のある笑みを浮かべずにはいられないのだった。

二〇一一年五月十日　PM七時〇二分

その日、絵夢は、啓を部屋に呼び出しシャンデリアの電球を交換してもらっていた。啓がロウソク型の電球をクルクルと外している間、絵夢は先日の出来事を嬉々として彼に話した。

「それで？　それから連絡あったの？」

新しい電球をはめながら、啓が訊いた。

「まだ……。怒らせちゃったかな」

ダイニングで頬杖《ほおづえ》をついていた絵夢は、心配そうな面持ちで啓のほうを向いた。

啓はまだ電球を取り換えていた。

「そんな奴《やつ》やめとけって。結婚してたんだろう？」

電球を換え終えた啓は、不愉快そうに言った。

「でも笑ってくれたよ」

嬉しそうに言う絵夢に啓は肩をすくめると少し嫌味に言った。

「それが原因で離婚したりして」

絵夢に不倫の道に進んでほしくはない。啓はそう思った。けれど、絵夢は一笑して言った。

「まだ何もしてないのに？」

「莫大《ばくだい》な慰謝料請求されても知らないからな」

いたずらっぽく笑う絵夢に、啓は少し冷たく言い放った。

「クマの絵を描かれたので一億円払いなさい！　って？」

絵夢にはちっとも響かなかった。彼女はクマのぬいぐるみを手に取って、ケタケタ笑った。

「……じゃあ、俺、帰るわ」

これ以上何を言っても無駄だと察したのだろう。啓は、呆れ顔で呟きドアのほうへ向かって歩き出した。

「うん？　泊まっていかないの？」

クマのぬいぐるみで遊んでいた絵夢は、不思議そうな顔をして啓のほうを見た。

絵夢の家に来たら泊まるというのは、暗黙のルールと言っても過言ではなかった。だが、今日の啓は違った。

啓は突然、真面目《まじめ》な面持ちをすると、はっきりと言った。

「泊まらない。あの、俺、もう泊まるのやめるわ」

「は？　何で？」

啓の突然の宣言に絵夢はキョトンとした。不思議そうに尋ねる絵夢に向かって、啓は照れくさそうに微笑を浮かべ鼻先をこすった。

「いや実は俺さ、こないだ……」

啓が嬉しそうに何かを言いかけたとき、タイミング悪く、絵夢の携帯が大きな音で鳴り響き始めた。絵夢は啓の話が途中なのも気にせず、慌てて携帯の画面を覗き込んだ。そして、覗き込むや否や、飛び上がった。

「来たっ！……もしもし～！」

嬉しそうに電話に飛びつく絵夢を見て、啓は思わず口をすぼめた。彼は彼女に伝えたいことがあったようだが、残念ながら今日はもう伝えられそうになかった。

＊＊＊

数日後、お気に入りのバンビ模様のワンピースを着た絵夢は、真一に指定された場所で彼が来るのをそわそわしながら待っていた。空は晴れているし風も穏やかだし、デートするにはぴったりの日だった。

待ち合わせ時刻きっかりに彼はやってきた。大きな四輪駆動車で現れた彼は、到着すると颯爽と運転席から降りてきた。絵夢の顔を見ると、にっこりと並びのいい白い歯を見せて笑った。

「乗って」

真一に言われると、絵夢は思い切り嬉しそうな顔になった。

「どこ行くの？」

満面の笑みを浮かべて尋ねる絵夢に、真一は優しく目を細めると、慣れた手つきで彼女の手を引いた。

「秘密」

「えーっ……」

残念そうに言いつつも、絵夢の表情は期待で満ち溢《あふ》れていた。この目の前の王子様のような男は、きっと素晴らしいところに自分を連れていってくれる。絵夢は確信していた。

「さ、どうぞ」

「ありがとう」

彼女は、頬をピンクに染め、嬉しそうに助手席に乗り込んだ。シートはかつて乗ったどの車よりもふかふかで、お姫様になったような心地がした。

絵夢を助手席に乗せると、真一は自分も運転席に回ってすぐに乗り込んだ。それから、ゆっくりとアクセルを踏み込むと、大きな車を静かに走らせ始めたのだった。

＊＊＊

「……え？　ここ？」

数十分後、絵夢はポカンとした顔で真一のことを見た。

絵夢が連れてこられたのは、都内にあるバッティングセンターだった。お姫様のようなデートを期待していただけに、彼女の失望は大きかった。

そこは、お気に入りのミニ丈のワンピースも、ヒールの高いパンプスも、この間買ったばかりの小ぶりの斜めがけのエナメルバッグも何もかもてんで似合わない場所だった。

真一はそんなことおかまいなしに、絵夢の背中をぐいぐい押した。

「はい、ここに立って」

バッターボックスに入るよう指示された絵夢は、顔を曇らせた。これのどこがデートだ。そう思った。けれども、真一はひょうひょうとしている。

「はい、バット」

戸惑っている絵夢に、彼は持参していたバッグからバットを一本取り出すと手渡した。バットまで持参してるなんて……、絵夢はますます驚き、呆れた。

「野球の経験は？」

「ないけど……」

絵夢が困惑した表情で答えると、真一は急に彼女の背後に回ってきて、後ろから彼女の腰を両手でしっかりと支えた。突然、体を触られて絵夢は驚いたが、真一の方は大真面目に言った。

「足は肩幅に開いて、力抜いて、しっかりボールを見て、タイミング合わせて、打つ！　はい、やってみて！」

真一はそれだけ言うと、絵夢を残したまま隣のバッターボックスへ移動した。

「ほら、やってみてよ！　来るよ！」

やってみてと言われても……、というのが絵夢の正直な感想だったが、もう仕方がない。ここまで来てしまったのだ、絵夢はあきらめると恐る恐る、球が飛んでくるほうを見つめた。

「……！」

球は予想以上に速かった。慌てて打ってみたものの、思い切り空振りになってしまった。

「ほら腰が引けてる！　しっかりボールを見て！」

隣のバッターボックスから真一が叱り飛ばしてくる。絵夢は、思わずムッとした。

そのとき、またボールが飛んできた。彼女は、今度は力を込めてバットを振った。

その瞬間、カキーンといい音が響いたのだ。絵夢が打ったボールは、勢いよく空を飛んでいき、遥か遠くにぶらさがっていたヒットの看板に堂々と当たったのだった。

「うそ！　やったー！」

しぶしぶやっていたものの、当たると嬉しい。並びのいい白い歯を見せて喜ぶ絵夢に、真一はニコニコして言った。

「ナイスバッティン！　さすがイチロー！」

絵夢は真一に褒められてますます笑みを浮かべた。が、すぐにキョトンとして、首を傾げた。

「……イチロー？」

「それがイチローで、で、こっちが松井。何千本安打記念って言ったっけな……。なんだっけな……」

絵夢はぼんやりと自分の手にしているバットを見つめた。バットにイチローのサインを発見するのにそんなに時間はかからなかった。イチローのサインを見つけると同時に、絵夢の手は震えだした。

「……！」

カランカラン……。

思わずバットを落としてしまった。青ざめている絵夢に、真一はひょうひょうとして言った。

「いいの、いいの。どうせ飾ってあるだけだから」

真一は、言い終えると同時に、彼が手にしているほうのバット―松井のバット―で、思い切り球を打った。カキーンといい音がして、球は遠くへと飛んでいった。

「ほら、絵夢も。来るよ」

真一に言われ、絵夢は一瞬ためらったものの、慌ててバットを拾い上げて、そしてまた思い切り振った。カキーンといい音が再度響いた。

「おお！　いいねえ～」

「ねえ……。何でこんなの持ってるの？」

尋ねる絵夢に、真一は、ピッチングマシンをじっと睨《にら》みつけたまま、言った。

「俺のじゃないよ。義理の父の」

絵夢の脳裏に、一瞬だけ、この間、真一とレストランにやってきた妻の顔が浮かんだ。でも、今日デートしているのは自分だ。

「……そうなんだ」

できるだけ笑って言うと、真一は頷いた。

「家行くたんびに自慢されてさ。今、ニューヨークに行ってるから丁度いいと思って」

「バレたら怒られない？」

共犯者……、絵夢はそんな言葉を思い出した。尋ねる絵夢に、真一はハハハと声をたてて笑うと自信満々に言った。

「大丈夫。俺ね、めちゃくちゃいい旦那《だんな》さんで通ってるから」

「……へえ」

そのとき、真一が急にさっと構えて、突然、真剣な顔つきになった。

「いつも話が長ぇんだよ……。ハゲーーーー！」

カッキーン……。

今日一番のいい音だった。真っ直ぐ飛んでいくボールを満足そうに眺めたあと、真一は絵夢のほうを向いて笑みを浮かべた。隣のバッターボックスにいた絵夢は、クスクスと肩を揺らした。それから、絵夢も真一が構えたように、しっかり構えると、飛んできた球に思い切り振りかぶって、大声で叫んだ。

「時給千円にしろー！」

カッキーン……。真一は目尻に皺《しわ》を浮かべると、自分も再び構えた。

「仕事に口出しするんじゃねえー！」

カッキーン……。

「アキさん、小言ばっかりでうるさいー！」

カッキーン……。

「こんなダセえロレックスいらねえんだよー！」

カッキーン！

「え！　じゃあ、あたしにちょうだい！」

真一の叫びについいつもの小悪魔癖が出てしまった。

「来る、来る、来る！　ほら！」

真一は絵夢のバッターボックスを指さした。

「えー」

「絵文字なんかどこで覚えたー！」

その後も、二人は散々文句を言いつつ、球を打ちまくった。思い切りスイングする二人の顔には、溢れんばかりの笑みが浮かんでいるのだった。

＊＊＊

空に星が瞬く時間。彼は絵夢の手を取り、彼女が車から降りるのをエスコートしていた。彼女を降ろすと、彼は彼女の目をじっと見つめて言った。

「今日はありがとな。助かったよ」

「助かった？」

笑みを浮かべたまま首を傾げる絵夢に、真一は頷きながら答えた。

「誰誘おうかなって思ったとき、絵夢の顔しか浮かばなかったから」

真一の言葉を聞いた途端、絵夢の顔は少し曇った。

「……うん」

「うん？　どうした？」

「真一って……、なんか寂しそう」

彼の目をじっと見つめポツリ言う絵夢に、真一は「どうして？」と目を丸めた。

それから、おどけながら付け加えた。

「こんな美人とデートしてるのに」

絵夢は、さも愉快と言わんばかりに振舞う真一の目をじっと見つめた。

「ねえ……、あたしでよければ、何でも言ってよね。真一の孤独とか弱音とか、全部受け止めてあげるから！」

真一は思わず固まった。

自分よりひと回り以上年の離れた女の子に、そんなことを言われるなんて思ってもみなかった。けれど、真一を見つめる絵夢の瞳は明らかに真剣だった。真一は目を細めフッと笑うと、唐突に絵夢の頭に手を伸ばした。そうして、彼女の頭をクシャッと撫でまわした。優しく吹く、春風が二人をそっと包んだ。

「じゃあ……」

それから真一は柔らかい笑みを浮かべると、来たときと同様颯爽と車に乗り込んだ。

「バイバイ」

「また」

テールランプを灯したかと思うと、真一の車はすぐに走り出した。絵夢は、彼の車が見えなくなるまで何度も何度も手を振っていた。彼の車が完璧に見えなくなったところで、彼女は、ふうっと一つ深呼吸をしてから、突如、両手で口元を覆った。そして、そのまま笑いだした。

「ふふ……。ふふ……。ふふふふ……!」

我慢していた喜びが湧きあがって、もうどうしようもなかった。確かな手ごたえがあった。真一は絶対にまた自分に連絡してくる。それは絵夢にとってはもう確信でしかなかった。

「ふふ……! ふふふ!」

ここが外だということなんて、もはや全く気にならなかった。道行く人の好奇の視線も、今の彼女にはちっとも怖くないのだった。

二〇一一年十二月二十三日 PM十一時〇〇分

都内有数の豪華なビルの中にそのオフィスはあった。随分と広いオフィスだったが、その日、その時間まで残っているのは真一を含め、十人にも満たなかった。

真一は、社長席で真剣な面持ちでパソコンに向かっているところだった。

じっとモニタを見つめる彼の目はやや充血していた。肌も疲れていた。

実は、昨日もほとんど寝ていないのだ。今日も、ベッドで眠れるかどうか怪しいところだった。真一が、とある書類とモニタに映し出したデータとを比較しているとき、彼の元に一件の携帯メールが届いた。

『ファイトだ！　シンイチ！　美女とのデートまであと十六時間！』

メールの最後には、クマが「フレーフレー」と応援をしている絵文字がデコレーションされていた。携帯を手に取り、それを見た真一は思わず微笑んだ。一瞬だけ、疲れが吹き飛んだ気がした。メールの送り主は、他でもない絵夢だった。

絵夢と真一は、あのバッティングセンターでのデート以来、何度か逢瀬《おうせ》を繰り返した。逢瀬と言っても、再びあのバッティングセンターでストレス発散がてらバッティングをしたり、真一の行きつけのレストランに食事に行ったり、そんなたわいもないものばかりだ。時間のない真一とのデートは、いつもどこか慌ただしかった。

それでも、絵夢と真一、二人の距離は確実に縮まっていき、明日、クリスマスイブ、彼らはその日を共に過ごし大切な一日にしようと前から約束していたのだ。

『自分で美女言うな（笑）』

微笑を浮かべた真一が、絵夢に返信を打つと、彼女からまたすぐにメールが返ってきた。

『ところで明日はどこにつれてってくれるのかなー』

今度は、メールの最後にクマがキスしている絵文字が入っていた。

真一は思いっきり目を細めると、すぐに返信メールを作った。

それを送ると、また真剣な表情を浮かべ、静かにパソコンに向かったのだった。

＊＊＊

真一がオフィスでパソコンに向かい直したころ、絵夢は自分の部屋のソファーの上で、携帯を片手にニマニマ笑っていた。

『今度はダルビッシュのグローブ持ってくね！』

真一から届いた返信メールを見た瞬間、「えー、またあ？」と言いつつも、彼女の顔は喜びでいっぱいだった。

「うふふ……。くーっ」

明日が待ち遠しい。イブを大好きな人と過ごせるなんて、嬉しくて仕方ない。絵夢は携帯をギュッと握りしめると、ソファーの上で、一人足をバタつかせ悶絶《もんぜつ》した。その後、顔に笑みを浮かべたまま、おもむろに携帯のタッチパネルをつつくと、通話ボタンを押し、携帯を耳に押し当てた。

＊＊＊

まだ仕事が終わらない真一の携帯が、ブルブルと震えた。真一はキーボードを打つ手を止めると、携帯のディスプレイに目を向けた。表示されているのは、妻の名前だった。

「……もしもし」

真一が電話に出ると、電話の向こうからは、妻の淡々とした声が聞こえてきた。

『もしもしー？　まだ会社なの？』

「ああ、うん……。もうちょっとかかりそう」

真一は席から立ち上がると、静かに窓際に移動した。

東京の街が一望できる。ミニチュアのセットみたいに見える東京の街を真一はじっと見つめた。

『あなた、明日の約束、覚えてるわよね？』

電話の向こうで妻がそう訊いた。「覚えてる？」ではなく「覚えてるわよね？」と。

「明日？」

眉間《みけん》に皺を寄せ聞き返す真一に、電話の向こうにいる妻はフッと笑って言った。

『もー！　これだから。明日はピエール・ビエノでディナーでしょ？　結婚して半年のお祝いよ』

彼女の声は相変わらず落ち着いていた。

「ああ……。うん、分かってる。そうだったよね」

少しだけ動揺するも、真一もできるだけ落ち着いた口調で返した。まさか、予定を入れていたなんて。やってしまった。真一は危うく舌打ちしそうになったが、どうにか耐えた。

『ちょうどクリスマスイブなんだし、明日はちゃんと体空けてもらいますからね』

電話の向こうにいる妻が微笑を浮かべたのが、なんとなく分かった。

「……うん。大丈夫だよ。……うん。……はい。じゃ」

二人のやりとりは、とてもあっさりとしていた。

真一は電話を切ってから、しばらくボーッとしていた。彼はぼんやりとした視線のまま、深く長いため息を漏らしたのだった。

＊＊＊

故意的でなくても、ダブルブッキングされていたことを知るはずもない絵夢は、啓が自分のかけた電話に出るや否や嬉しそうに訊いた。

「ねぇ、啓ってさ、元野球部だったりしないの？　ピッチングのコツとか教えてよ。え？　軸足から体重移動？　はぁ〜、なるほど〜……。で、軸足って何？」

ベッドの上、ひとりピッチングのフォームをとってみたり、ぴょんぴょん飛んでみたり、絵夢は相変わらず楽しそうで、そして、とても幸せそうだった。

＊＊＊

「いでっ！」

翌日、絵夢はオモチャのカラーボールを至近距離から啓に向かって投げつけた。

啓が頭をさすりながら振り返ると、絵夢がぶすっとした表情で突っ立っていた。

「……仕方ないじゃん。仕事なんだろ？」

啓は通りを歩きながら、優しい口調で言うと、「はい」とボールを絵夢に投げ返した。絵夢はそれを手にしながら「そうだけどー……！」と呟き、それから、はぁっとため息を吐いた。クリスマスイブ、空は青く澄みきっている。これならば、夜もきっと星が綺麗だろう。真一と過ごしたかった。過ごすはずだったのに……。

仕事だと分かっていても、絵夢はデートの中止に正直納得できないでいた。

「こっそり練習しといて、次会ったとき『すごいでしょー！』ってやればいいじゃん。ほらっ、振りかぶって、手の甲を投げるほうに向けてスナップ！」

啓はまるで子供を宥《なだ》めるように、絵夢のことを宥める。彼は、昨日絵夢に教えてくれと言われたピッチングの姿勢を、ボールのない状態で丁寧にやってみせた。けれど、まるでダメだ。絵夢はムッとしたままだった。

「啓とやってもつまんな〜い！」

「なんだよそれー。ほらいいから投げてみ！　さあ来いっ！」

しっかりと構える啓に、絵夢はやけくそになってボールを投げた。ピンク色のカラーボールは、勢いよく啓の手の中へと飛んでいった。

「おー！　ナイスボール！　なかなかいい筋してんねぇ」

啓は絵夢を褒めながら、ボールを彼女のほうへ放った。

「……」

ボールは絵夢の手にではなく、彼女の横に着地しそのままコロコロと転がっていった。絵夢には、もうまるでやる気がないようだった。

「おいおい、ちゃんとボール見ときなさいよー。……絵夢？」

転がるボールを拾ってきた啓は、絵夢が吸い込まれるようにしてただ一点を見つめていることに気がついた。啓が絵夢の視線の先を見ると、そこには小さな宝石店があった。そして、その店の前には黒いコートに身を包んだ男の姿があった。

啓の前に立つ絵夢の目が見る見るうちに輝き始めた。頬はピンクに色づき、口角はキュッと上がった。先ほどまでとは、まるで別人の変わりようだった。それで、啓にもすぐ、あの男が真一だと分かった。

絵夢は、デニム地のショートパンツのポケットから慌てて携帯を取り出すと、すぐさま彼に電話をかけた。絵夢の視線の先にいる真一は、着信に気がつきコートの内ポケットに手を入れた。

絵夢はたまらなくなって、嬉しそうにその場でぴょんぴょん飛び跳ね、手を振り始めた。真一が電話に出るが早いか、絵夢に気がつくが早いか……。絵夢には、どちらでもよかった。けれど……、そのどちらにもならなかった。

真一は携帯の画面を見たあと、通話ボタンを押すことをせず、それをそのままポケットにしまったのだ。

「……えっ⁉」

絵夢は困惑した面持ちを浮かべると、つい先ほどまで嬉しそうに振っていた手を引っ込めた。まさに、その数秒後、戸惑っている絵夢の視界に、美しい女性の姿が飛び込んできた。宝石店から出てきた真一の妻だった。

「あーーー！」

思わず叫ぶ絵夢の目を、啓は大慌てで覆うと言った。

「見るな、見るな！　なんか俺が甘いもん奢ってやるから！　な！　もう行こう！」

必死で言うも、絵夢は啓の手を払いのけて、じっと真一とその妻の姿を見つめた。

見られていることなんて知りもしない真一の妻は、その宝石店で購入したのだろう、小さな紙袋からベルベットの小箱を取り出すと、中から繊細なデザインのネックレスを出して、真一に手渡した。真一が、当然のように妻の首に手を回し、それを彼女につけた。そして、真一にネックレスをつけてもらった妻は、指先でそれを摘《つま》み、ショーウインドウで纏った姿をチェックすると嬉しそうに微笑んだ。

それから、二人は腕を組むと、仲睦《むつ》まじそうにイルミネーションが眩《まばゆ》い通りに向かって歩き始めた。二人は、あまりにもお似合いのカップルだった。

「……」

それを見ている間、絵夢は、終始無言だった。隣に立つ啓は彼女になんと言葉をかけたらいいのか分からなかった。それでも、絵夢の顔にありったけの悔しさが滲《にじ》み始めると、啓は、さすがにまずいと思って勇気を出して絵夢に話しかけた。

「……ちょ、絵夢、もう行こ。な？　ほら」

「……予定変更！」

絵夢は啓に向かって怖い顔をしたまま呟くと、そのまま彼の手を引いて勢いよく走り出した。冷たい風が彼女の横をすり抜けたが、寒さなんてまるで感じなかった。絵夢が向かったその先には、真一とその妻の姿があった。そう、絵夢は尾行を決意したのだった。

二〇一一年十二月二十四日　ＰＭ三時二十五分
尾行をしていると真一の妻がデパートのトイレに入る瞬間があった。絵夢はしめたとばかりにほくそえんだ。妻がトイレに入ったあとしばらく待ってから、絵夢は自分もトイレへ入っていった。絵夢が中に進んでいくと、妻は鏡の前でファンデーションを塗り直しているところだった。首元では先ほど真一につけてもらっていたネックレスが揺れていた。それは、ドレスアップしている今日の装いにとてもよく似合っていた。

「……橘様？　橘様じゃないですか？」

絵夢は、鏡越しに目を丸めると、真一の妻に笑顔で近づいた。

「あ、あたし、レシューの」

絵夢が付け加えて言うと、真一の妻は合点のいった顔をして、にっこりと微笑んだ。

「……ああ！　こんにちは。今日はお休みですか？」

「はい。奥様はクリスマスデートですか？」

ニコニコとして尋ねる絵夢に、真一の妻は嬉しそうに答えた。

「結婚半年記念なの」

「わあ～、素敵！　それじゃあ、これからディナーですね」

絵夢は、彼女にばれないようにギュッと拳を握りしめた。真一とディナーを楽しむのは自分だったはずなのに、自分はドレスも着ていない。それどころかデニムのショートパンツだ。それに、髪型だってただブローしてきただけだ。悔しくて、悔しくて……。でも、今は、悔しがっている場合ではなかった。

「ピエール・ビエノに行こうと思って」

嬉しそうに返してくる真一の妻に、絵夢はわざとらしく目を丸めると、頷いてみせた。

「ビエノ！　ミシュランの一つ星じゃないですかぁ！　あそこのフォアグラのテリーヌ、絶品なんですよね〜！　いいな〜。楽しんできて下さいね！」

「ありがとう」

何も知らない真一の妻は、絵夢に向かってにこやかに微笑むと、一礼してからトイレから出ていった。直後、絵夢は、真一の妻に気がつかれないように細心の注意を払いながら、自分もトイレから飛び出した。

「……ちょっ、変なことしてないよな？　え？　何する気？」

絵夢がトイレから出てくるや否や、啓が絵夢に駆け寄った。絵夢の目は座っていて、尋常ではない。

「……これから、ピエール・ビエノに行くんだってぇ〜」

絵夢は腕を組むと、フンッと鼻をならして言った。

「え？　今日はもう大人しく帰ろう。な？」

啓が必死になって言うも、絵夢の決意は変わらないようだった。啓が何度、絵夢を引っ張ったところで、彼女はピクリとも動かなかった。

「……」

鋭い絵夢の視線の先には、いまだ、真一とその妻の姿があった。

＊＊＊

クリスマスでもピエール・ビエノはいつもと変わらず、優雅で落ち着いていた。高い天井の下、華麗に盛りつけられた繊細な味の料理たちを前に、客は各々ゆったりとナイフとフォークを動かしている。真一の妻もまた、そうしている一人だった。

「聞いたわよ。合併の話」

何の前振りもなく、妻は、突然言った。

「……ああ」

真一は一瞬だけ手を止め、妻のほうを向いた。

「これでやっと、真一もうちのグループの仲間入りだって、お父さん喜んでた」

妻は、父の代理でもないのに誇らしげに言って満足そうな笑みを浮かべると、真一のことをじっと見つめた。

「そうか」

真一は頷くと、無言のままワインを一口飲んだ。ワインはいつもと変わらない味がした。彼はその話題について、それ以上何も言わなかった。しばらく黙っていると、妻が別の話題を振ってきた。

「そういえば、さっき偶然、デパートでレシュールの女の子に会ったんだけど」

妻が振ってきたその新しい話題に、真一はグラスを置くとすかさず尋ねた。

「誰？」

「ほら、サービスの……かわいらしい感じの……」

「かわいい感じ……。え、アキ？」

あえて真顔で訊く真一に、妻は小刻みに肩を揺らしてから首を横に振った。

「アキさんじゃなくて。……ここはフォアグラのテリーヌがお薦めだって言ってた」

「ふーん……、それじゃあそれも頼もうか。すみません！」

真一は店員に向かってサッと手を上げた。店員はすぐにやってきた。彼は早速フォアグラのテリーヌを注文した。

それからしばらくして、フォアグラのテリーヌがテーブルにやってくる前に、別の店員が真一の傍にやってきた。そして彼の耳元でそっと囁いた。

「橘様、あの……、ちょっとよろしいですか？」

真一は「はい」と言って頷くと、隣でにこやかに微笑んでいる妻に「ちょっと行ってくる」と断ってから立ち上がった。携帯が繋がらないからと言って、真一の行きつけの店に部下が電話をかけてきて指示を仰ぐことは、ままあることだった。真一も妻も、今回もどうせそんなことだろうと思った。だが、この店員の呼び出しは仕事関係のことではもちろんなかった。バックヤードに連れていかれた真一は、目を見開いた。そこに大きなバラの花束が置かれていたからだ。

「こちら、橘様宛に届いたのですが……奥様への贈り物でよろしかったですか？」

真一は真っ赤なバラの花束に近づいた。一体誰からの贈り物だろう。

ほのかに甘い香りを放つ花束の中に、メッセージカードが挟まれていることに不意に気がついた。彼はそれを拾い上げるとじっと覗き込んだ。

『a half year anniversary』

その文字の隣には、クマのシールが貼ってあった。そのクマのシールを見た途端、真一は思わず口元を緩めた。もちろん、真一はそれを見た瞬間に、この花束を贈ってきた主が誰なのか気付かされたのだった。

＊＊＊

真一が妻とディナーを楽しんでいる様子を、絵夢は啓と一緒にレストランの前の生垣から眺めていた。二人の手には、スルメと缶ビールがあった。クリスマスらしさなんて、もはや微塵《みじん》も感じられないチョイスだったが、頭の上にはどこでもらってきたのかお揃《そろ》いのサンタクロースの帽子がちょこんちょこんと乗っかっていたし、彼らの背後に広がるイルミネーションはこれでもかというほど眩かった。

「けっ、ブ～ス。食中毒にでもなりやがれ！」

スルメを嚙《か》みちぎりながら毒づく絵夢に、啓は肩をすくめた。

「まあまぁ。でも、ビビった！　てっきり店に乗り込むつもりかと思ったよ」

「そんなダサいことするわけないでしょ！」

絵夢が、キッと啓を睨みつけたそのとき、彼女の携帯が震えた。

「男、なんて？」

啓も一緒になって、絵夢の携帯を覗き込んだ。

『ありがとう』

真一からのメールだった。絵夢はギュッと壊れそうなほど強く携帯を握りしめた。

「……ありがとうだって。バッカじゃない！」

啓は頷くと、ビニール袋から新しい缶ビールを取り出し、彼女に渡した。

「よく頑張った！　はい」

「次会ったら、飛び蹴り食らわしてやる！」

受け取った缶ビールのプルタブを起こしながら強気で言う絵夢に、啓は自分も同じようにしながら深く頷いた。

「おお！　ボコボコにしてやれ！　ハイ乾杯！」

そして、乾杯すると二人は揃って勢いよく飲んだ。

「……プハー！」

啓は、満足そうに息を吐いた。

けれど、絵夢のほうは違った。絵夢も、勢いよく飲んだはずだったが、彼女は缶を手にしたまま、ぼんやりと前方を見つめていた。

「……今度は何？」

眉間に皺を寄せて尋ねる啓の質問に答えるよりも早く、絵夢は立ち上がると、手にしていた缶ビールをポトンと芝生の上に落とした。そして、直後走り出した。

「ちょっと……！」

啓は慌ててビールを拾い上げた。訳が分からず、駆けていった絵夢のほうを見た彼は黙り込んだ。絵夢が駆けていったその先に真一がいたのだ。隣に妻の姿はなかった。真一は、この辺りに絵夢がいると察し、出てきたのだろうか。それとも、妻とのディナーはもう終わり、仕事だと言い訳して先に妻をハイヤーで帰宅させたのだろうか。とにかく、真一は一人静かに立っていた。絵夢は、駆け寄ったかと思うと、真一に思い切り飛びついた。

「……」

啓は、その光景を黙ったままじっと見ていた。

「今日は、ごめんな」

絵夢が飛びつくとすぐ、真一は彼女の肩に手を置き、彼女の目をじっと見つめて心から申し訳なさそうに言った。

「……別に。気にしてないよ」

絵夢は真一の胸に顔を埋めた。

「……これから二人でどっか行こうか」

絵夢の頭を撫でながら、真一が優しく訊いた。

「……」

絵夢は黙っていた。

「絵夢？」

真一は絵夢の顔を覗き込んだ。その瞳は濡《ぬ》れていた。

「……どこでもいいの？」

絵夢は必死に涙をこらえ、真一を見上げた。真一は彼女から目をそらさず、しっかりと頷いた。

「絵夢様が望むのなら、あのお空の星にだってお供しますよ」

「……ミシュランの三つ星でも？」

「ロブションでもロオジエでも、なんなりと」

優しく微笑む真一に、絵夢は唇を震わせて言った。

「……じゃあ、キャッチボール」

真一の目には、今にも泣き出しそうな、でも、強い女の子の姿がくっきりと映っていた。彼は、絵夢に返す言葉をすぐには見つけられなかった。そんな真一に、絵夢は目に涙を浮かべたままではあったがニコッと笑ってみせた。そして言った。

「こう見えて、あたし、結構運動神経いいんだから。すぐに真一よりも上手になっちゃうんだからね」

絵夢が言い終わると同時に、彼女は真一にギュッと力強く抱きしめられた。絵夢は、彼の腕の中で、彼に見られないよう、ひっそりと涙をこぼした。

その光景を、少し離れた場所に立つ啓は、息を潜めじっと見つめていた。

きらめくイルミネーションの前で抱き合う、絵夢と真一は、事情を知らない人が見れば本当に素敵なカップルにしか見えないだろう。でも、啓は事情を全て知っている。目を伏せ唇を内側からギュッと噛みしめた啓は、かぶっていた絵夢とお揃いのサンタ帽子を脱ぎ捨てると、くるりと背を向けて、その場から去っていったのだった。

二〇一一年十二月二十九日　AM十時十二分

大晦日《おおみそか》を目前に控えたその日、絵夢の働くレストランは従業員総出で大掃除をしていた。皆が、モップや雑巾を手に忙しそうにする中、絵夢はホールでテーブルの上に軽く腰かけてさぼっていた。

「いたっ！」

絵夢は突然叫び、振り返った。

「この給料泥棒が！　しっかり働くまで帰さないわよ」

絵夢を睨みつけるアキの手には、丸めた新聞があった。どうやら、それで叩《たた》かれたらしい。でも、新聞とは思えないくらい痛かったのだが……。絵夢は、凶器の新聞をぼんやりと見つめた。そのとき、ふと、新聞に書かれた文字が目に飛び込んできた。

「アキさん、……これ」

「うん？　何？　ああ……これ、覚えてる？　この人。うちのお客さん」

覚えてるも何も、そこに載っていたのは真一の写真だった。その横には『Ｔ＆Ｂ、丸藤《まるふじ》グループと経営統合』と大きな見出しがあった。アキは自分の顎に手を添えると、ペラペラと喋《しゃべ》り出した。

「あの奥さまが丸藤グループの一人娘で、娘婿のシンちゃんがＴ＆Ｂの社長なわけ。まあ、要するに政略結婚」

絵夢はじっと新聞を見つめた。

「あの……、このトウゴウってのはつまり……？」

首を傾げる絵夢に、アキは、はあっとため息を吐いた。

「だーから、娘婿が嫁父の会社使って事業拡大するっていうこと！　こりゃ、ますます離れられないわねぇ〜。うーん、シンちゃんも大したもんよね〜」

感心しながら話すアキの話を絵夢は黙って聞いていた。

「で、あんたは年始年末は実家帰るの？」

ふいに別の話題を振られた絵夢は、ハッと我に返り首を横に振った。

「……いえ。帰ってもすることないんで」

アキは深く頷いた。そして寂しそうに言った。

「ロンリネスクリスマスっていうのもきついけど、ひとりぼっちの年の瀬っていうのも結構くんのよねー。孤独が迫ってくるっていうか……。まあ、あんたぐらいの年には分かんないかもしれないけどね〜」

しみじみと言うアキに、絵夢は笑みを向けて頷いた。

「そうですね」

「……いいわね、若くって。はぁ……。ほら、ちゃんと働きなさい」

「はい」

アキは絵夢にやるせなく微笑むと、厨房のほうへ行ってしまった。絵夢は、立ち上がると、持っていたほうきで静かに床を掃き始めた。

＊＊＊

二日後の大晦日の夜、絵夢は、街路樹のきらびやかなイルミネーションの下を歩いていた。

「あ、もしもし、啓？　大晦日なんだしさ、パーッと飲みに行かない？　絵夢様が奢っちゃうよ〜」

輝くイルミネーションの下、絵夢は歩きながら啓に電話をした。元気よく誘う彼女だったが、その顔はすぐに曇った。

「……そう。わかった。じゃあね」

電話を切ると、彼女はがっくりと肩を落とし、深いため息をこぼした。

大掃除中に言われたアキのあの言葉が脳裏をかすめた。

『ひとりぼっちの年の瀬っていうのも結構くんのよねー』

二日前、自分にはまだ分からないと一笑したあの言葉の意味が、今は驚くほどよく分かった。すれ違うカップル、家族が皆とても幸せそうに見えた。嬉しそうに響く笑い声が恨めしかった。絵夢は目を伏せた。長い睫毛が顔に影を落とす。彼女は、下を向いたままタクシーを止めた。

「どちらまで？」

尋ねる運転手に、絵夢はぶっきらぼうに答えた。

「どこでもいいから、浮かれた奴のいないところまで……」

孤独が迫ってくる。絵夢はじっと膝の辺りに視線を落とした。そのときだ。

「……！」

彼女は目を丸めた。なんと、真一がタクシーに乗り込んできたのだ。

「南青山まで。あ、すみませ〜ん、あの〜、どちらまで？」

運転手に行き先を告げたあと、真一はわざとらしく絵夢に気がついたふりをした。それはあの日、二人が初めて出会ったあの日とまるで同じようだった。

「……」

ア然とする絵夢に真一はたたみかけるように続けた。

「ねえ、これからパーティーなんだけど、よかったら一緒に来ない？」

「……」

絵夢の目頭は熱くなった。みるみるうちに目に涙が溜まっていく。真一はそんな絵夢に向かって微笑むと、ポケットからネックレスを二つ取り出した。クロスモチーフとフラワーモチーフのネックレスだった。

「ねえ、これ、どっちがいいかな？」

「……」

「選んでよ、ほら」

絵夢は、涙を拭うとクロスモチーフのほうを指さした。

「……こっちかな」

真一は微笑んだ。

「さすが、いいセンスしてる」

絵夢を優しく見つめた彼は、彼女に「こっち向いて」と優しく囁いた。

そして、彼女の首にそっと手をかけると、絵夢が選んだほうのネックレスをつけた。絵夢の首元で揺れるそれは眩かった。

「遅れてごめん。クリスマスプレゼント」

真一は絵夢をじっと見つめた。

「……ばか」

絵夢は潤んだ瞳で彼を見つめ返した。

その後、二人は見つめ合ったまま微笑んだ。

＊＊＊

「はい」

絵夢と真一は、南青山の通りに面したコーヒーショップにいた。

真一が、二人分のコーヒーを持ってきた。彼が腰を下ろすと、絵夢は早速言った。

「……新聞見たよ。お義父《とう》さんの会社と統合するんでしょ。こんな忙しい時期にこんなとこほっつき歩いてていいんですかー？」

わざとらしく尋ねる絵夢に真一はあっさりと答えた。

「あれね、蹴った」

「……え？　なんで？」

意外な真一の返答に、絵夢は驚いた。目を丸めてポカンとする絵夢を前に、真一は首を捻りながら答え始めた。

「うーん……。考えたら俺さ、学生時代に起業してからずっと会社を大きくすることだけ考えてきたんだよね。人を人とも思わずに突き進んできたわけだよ。そりゃもう冷徹に、抜け目なく、ですよ。でも、どういうわけかさ、最近そういうのがどうでもよくなってきちゃったんだよね」

「ふーん……。一体、どういう心境の変化？」

絵夢は不思議そうに尋ねた。

「なんでだろ。……絵夢に会ったからかな」

真一はポツリと呟いた。

「真面目に訊いてるの」

すかさず返した絵夢の顔を見て、真一は「ほんとだって」とはっきりした口調で言った。

「俺も絵夢みたいに、自由勝手に生きたいなぁって思ってんだよ」

大真面目に言う真一に、絵夢は言った。

「ひどいなぁ！」

「なんで？　絵夢みたいに自由で勝手で、自分に正直に生きられたらなって素直にそう思えてるんだよ」

「何それ」

呆れる絵夢に、真一は首を捻った。

「うーん。なんで伝わらない？　俺は絵夢のそういうところに惚《ほ》れたんだけど……」

「え……」

絵夢は顔をあげ、真一のことを見た。真一は、真剣な眼差《まなざ》しで絵夢のことを見つめていた。彼は彼女を見つめたまま、大真面目に言った。

「これからも、こんな僕と一緒にいてくれませんか？」

「……」

絵夢は黙ったまま、真一のことを見つめ続けた。店内ではカウントダウンが始まり、賑わっていたけれど、絵夢も真一も、お互いの目の前にいる恋人のこと以外、今はどうでもよかった。

「……」

真一も無言のまま、絵夢からの返事を待った。

「……」

言葉なんて必要なかった。というより、その気持ちを言葉で表すことなんて到底できなかった。絵夢は吸い寄せられるようにして、真一の唇にゆっくりと自分の唇を重ねた。絵夢と真一がキスするのと同時に、年が変わった。新年を迎え、ますます賑わう店内の中、二人はいつまでも、何度も、キスを交わしたのだった。

二〇一二年一月一日　AM〇〇時〇〇分

＊＊＊

二〇一二年三月十九日　AM四時四十二分

絵夢の部屋のベッドの上だった。二人は、裸のまま抱き合い、すやすやと眠っていた。明け方近くのことだ。真一のジャケットから、携帯の着信音が鳴り響いた。何度も何度も鳴り響くそれに起こされて真一は、重たい瞼《まぶた》をこすった。目を覚ました彼は、気だるそうにジャケットに手を伸ばした。

「はい……。分かってるって。うん……。すぐに戻るって！」

真一の語気は珍しく荒かった。絵夢は真一のその話し声で目を覚ました。

「うん。分かったから。……じゃあ、切るよ」

真一は電話を切ると、絵夢のほうを向いた。そして起きたばかりの絵夢に、「ごめん。そろそろ行くね」それだけ言うと、すぐに帰り支度を始めた。

薄暗い部屋の中、ズボンを穿《は》き、シャツを羽織る真一を絵夢はしばらくの間、ぼんやりと眺めていた。真一が、シャツのボタンを留め始めると、彼女はゆっくりと起き上がった。そして、ボタンを留める手を休めない真一を恨めしそうに見て、ぼそっと呟いた。

「あたし、真一の奥さん嫌いだな……」

ボタンを留め終えた真一は絵夢のことをチラリと見た。

「……あの人、フレンチの店にあんな甘ったるいフレグランスしてきて、せっかくのお料理が台なしよ。それに、真一に対する態度だっていつも全然心がこもってないし……」

絵夢は肩をすくめ、一点をじっと見つめた。真一は、それに対して何も答えなかった。無言のまま上着を羽織る真一の背中をじっと見つめながら、絵夢は言った。

「……ねぇ、次はいつ会えるの？」

「……連絡するよ」

真一はゆっくりと振り返り絵夢のことを見ると、力なく笑った。

「そんなの……」

言いかけた絵夢の唇に、真一は強引にキスをした。それ以上、恨み事を聞きたくなかったのだろうか。真一は、キスのあと、絵夢の頭を軽く撫でると、「じゃあ」とだけ言い残し、部屋を出ていったのだった。

真一が出ていくと、絵夢は無言のまま、シーツを自分のほうに手繰り寄せた。そして、それにくるまり、うずくまった。寂しさと、悔しさと、そして自己嫌悪と。複雑な気持ちが胸の内でくすぶっていた。ただ苦しくて、苦しくて……。絵夢は、泣くことさえできなかった。

二〇一二年三月二十日　ＰＭ三時〇四分

翌日、絵夢はある場所を訪れた。啓のジュエリー工房だった。小さなビルの二階に入っている。

絵夢は階段を上るや否や、背伸びをして中を覗いた。覗くとすぐ、真剣な面持ちで作業している啓の姿が目に映った。何かを叩いているようだ。カンカンカンという金属の音が、ドアの外にいても微かに聞こえてきた。

「……」

絵夢は、ドアノブに手をかけたが、急に俯いた。そして、ゆっくりとその手を離した。彼女は、くるりと背を向けると上ってきたばかりの階段をもう下りることにした。

「絵夢！　久しぶり！」

帰る決意をしたばかりの絵夢の背後から不意に啓の声が響いた。絵夢は慌てて振り返った。絵夢が帰ろうとしていたことにまるで気がついていない啓は、工房のドアを開きいつもと変わらない笑みを浮かべていた。

「……よっ」

絵夢は戸惑いつつも、いつも通りの挨拶をして、そして、そのままスタスタと工房の中へと入っていった。

「なんか、しけたツラしてんねぇ。世間は春だっていうのに」

どことなく楽しそうに言う啓に、絵夢は少しムッとした。

「何よ。そっちこそ、最近どうなのよ」

絵夢が訊いた途端、啓は何やらごそごそし始めた。そして、しばらくすると一枚の紙を手に取って、それを堂々と絵夢に見せてきた。

「じゃーん」

見せつけられたところで、絵夢には、その紙が何なのかまるで分からなかった。

眉間に皺を寄せる絵夢に、啓は満面に笑みを浮かべて言った。

「グランプリ！　グランプリ獲ったんだよ」

「は？」

「ほら、前からエントリーしてたイギリスのデザインコンクール。それでグランプリ獲ったんだよ」

少し興奮気味に話す啓に、絵夢は目を丸めた。

「うそ！　すごいじゃん！　おめでとう！」

それは心からの賛辞だった。啓にも、それはちゃんと伝わり、彼は少し照れくさそうに頭を掻《か》いた。

「まあ、まだスタート地点に立っただけ、だけど」

「何言ってんの。十分すごいよ。……ずっと夢だったもんね」

「まあね」

「ふーん……」

見ると、啓の頬はうっすらと汚れていた。指先もかなり荒れていた。それでも、彼はとても輝いて見えた。絵夢がぼんやりと彼を眺めていると、彼は少し気まずそうに切り出した。

「それでさ……、俺、もうすぐイギリスに行くことになると思うんだよね。何年か分かんないけど」

窓から差し込む日差しはいつもよりきつかった。絵夢は啓の突然のその告白に、驚いて息をのみ込んだ。

「……そうなんだ」

「うん。……あのさ、お前、俺が傍にいなくて大丈夫か？」

啓は、絵夢の目をじっと見つめると、真剣に訊いた。

絵夢は本当はすごく動揺していた。啓は、いつだって絵夢の傍にいてくれた。どんなときも、絵夢の味方でいてくれた。その彼がイギリスに行ってしまうなんて。その事実をすぐに受け入れろというほうが無理な話だった。けれども、絵夢は急いで笑顔を取り繕うと、動揺の色をちっとも覗かせることなく言った。

「はぁ？　何言ってくれちゃってんの？　あたしには真一がいるもんね。啓なんかいなくたって全然平気だもん」

「そっか。……でも、あいつ……」

啓が言おうとしていることくらい、絵夢には分かっていた。だから、彼女は、啓の言いかけた言葉を遮った。

「あのね、彼って本当に優しいの！　大晦日なんか、仕事終わってすぐ駆けつけてくれて、このネックレス、プレゼントしてくれたんだよ！」

絵夢は自分の首にぶら下がっているネックレスを指先で摘み上げると、それを啓に向けてちらつかせながら、できるだけはしゃいで言った。

「見て見て。ダイヤモンド。やっぱいいよねぇ、大人の男って！」

啓は、はしゃぐ絵夢を見ているうちに、呆れた様子で肩をすくめた。それから、はっきりと彼女に尋ねた。

「このままアイツとずるずる付き合うつもり？　絵夢はそれでいいわけ？」

啓の質問は、あまりにも核心をついていた。それでも、絵夢はできるだけ平静を装って返した。

「あたしがやっと運命の人に出会えたっていうのに、応援してくれないわけじゃないでしょ？」

「出た、運命。お前の専売特許だな」

嫌味な口調で呟く啓に、さすがに絵夢はムッとした。

「今度は本物だもん！　……いるんだよ、運命の人って。こういうのが幸せなの！」

大きな声で言う絵夢に、啓はすぐに返してきた。

「何が運命だよ。ただの不倫じゃん。お前のせいで奥さん悲しんでるよ。それで、本当の幸せって言えんの？」

「……」

絵夢は黙り込んだ。啓の言っていることはあまりに真っ当過ぎて、そこに反論の余地は一ミリもなかった。

「なぁ、絵夢……」

「もういいよ。啓のバカ！」

絵夢は啓に向かって叫ぶと、そのまま彼の横を通り抜けて、部屋を飛び出していった。

「……」

一人残された啓は、カンカンと階段を駆け下りていく絵夢の後姿を、無言のままじっと見つめているのだった。

＊＊＊

その日の夜、絵夢は自分の部屋でじっと考え込んでいた。テーブルの上には、彼女の用意した鍋料理と追加して入れる具材が並んでいる。取り皿、箸、グラスは、全て二つずつ用意されていた。

「あ……！」

絵夢はチャイムの音がするや否や、急いで玄関に向かった。

「おかえりー！」

笑顔でドアを開けた。ドアの向こうには、少し疲れた様子の真一の姿があった。

「……ごはん食べていくでしょ？」

真一を部屋に通しながら、絵夢は上目遣いで彼に尋ねた。疲れていたって、真一はこうして絵夢に会いにやってくる。これが幸せでないなら何だというのだ。絵夢は、昼間、啓に言われた言葉をふっ切ろうとした。けれど。

「……ごめん、またすぐ戻らなきゃいけないんだ」

真一にそう言われ絵夢の顔はどんより曇った。

「……また、奥さん？」

重たい女はかわいくないと、頭では分かっているのに、彼女は恨めしそうに訊いてしまった。真一はその質問をスルーして、そのまま何食わぬ顔で絵夢の部屋の中へ入った。直後、真一の目には絵夢の用意した鍋料理たちが飛び込んできた。わざわざハートの形に型抜きされたニンジン。かわいらしい取り皿。キャンドルを灯《とも》したテーブル……。絵夢は真一のことを上目遣いで見つめた。

「……やっぱり、ちょっと食べようかな」

彼は微笑み、優しく言うと、絵夢に上着を手渡した。

「うん！」

とても嬉しそうに頷く絵夢を見て、真一は目を細めた。真一と甘い時間を過ごせる。それだけで、絵夢は天にも昇る心地になった。しかし、真一が席に着こうとしたとき、彼の携帯が鳴り出した。

「あっ、はい」

絵夢は手にしていた真一の上着から携帯を取り出すと、すぐに彼に手渡した。真一は受け取るや否や、電話を耳に当てた。

「はい、もしもし？」

いちいち気にしていても仕方ない。私は間違いなく、絶対に幸せなのだから。絵夢は、自分にそう言い聞かせると、テキパキと鍋の準備を進めはじめた。鍋はグツグツとおいしそうな音をたてて、白い湯気をあげはじめた。

「ああ……、わかった。すぐに戻るから。じゃあ、あとで」

絵夢は準備する手を止めた。

「……どうしたの？」

真一が電話を切るとすぐに、絵夢は尋ねた。できるだけあっさりとした口調になるように心がけた。

「……ごめん！　やっぱり、ちょっと行くわ」

真一はいつも通りの軽い口調で言うと、絵夢がハンガーにかけたばかりの上着を自分で取って、すぐに羽織った。

「えー？　また、友だちに呼び出されたの？」

精一杯の笑みを浮かべて訊く彼女に、真一は少しだけ間を置いてから言った。

「いや……、なんか、うちの会社倒産したみたい」

絵夢は一瞬、自分の耳を疑った。けれど、彼は確かに言った。会社が倒産したと。

「……何、言ってるの？」

真一はポカンとしている絵夢に向かって淡々と返してきた。

「いやー、一番大きいフランスの取引先が不渡り出して、週末から手を尽くしてたんだけど……。とりあえず、行ってくるね」

「……大丈夫？」

絵夢は動揺しつつも、心配そうに真一のことを見つめた。深刻な事態のはずなのに、真一の様子がいつもと全く変わらないものだから、余計に心配になった。

「大丈夫、大丈夫。ほら、そんな顔しないの。俺が嘘ついたことある？」

真一は絵夢の顔を覗き込むと優しく言った。

「あるよー」

絵夢は、そこはすかさず返した。絵夢のその反応に真一は目を細め、肩を揺らした。そして、柔らかい笑みを浮かべたまま絵夢をギュッと抱きしめた。

「必ず帰ってくるから。じゃあ、行ってきます」

「……行ってらっしゃい」

見送る絵夢の胸は不安でいっぱいだった。けれど、一方の真一はにこやかに絵夢に手を振ると、鼻歌を歌いながら玄関の外へと出ていったのだった。しかし、外に出た途端、彼は、神妙な面持ちを浮かべたのだが……。

「……」

絵夢は、真一を見送ったあとも不安で仕方がなかった。あまりにも苦しくて、彼女はすがるようにして自分の携帯を手に取ると、いつもと同じように啓の電話番号を検索した。こんなときはいつだってなんだって彼に相談してきた。

けれど、啓とは今日の昼間に言い合いをしたばかりだ。検索するとすぐにディスプレイに彼の電話番号が表示されたけれど、絵夢は、結局電話をかけることができなかった。

二〇一二年三月二十三日　ＰＭ七時五十五分

今日も、絵夢の勤めるレストランはたくさんの客で賑わっていた。客が楽しそうに食事をする中、絵夢はホールにボーッと突っ立っていた。

「……ちょっと！」

絵夢の横にやってきたアキの眉間には思い切り皺が寄っていた。

「ちょっと！　あんた。なにボーっとしてんの⁉　八番テーブルグラス空いてる！もう、それぐらい見といてよ！」

アキは苛立《いらだ》っていた。彼は客に聞こえないよう、声を潜めて絵夢に注意すると、フンッと鼻息を荒げたまま、料理を取りに厨房へと急いだ。

「……」

ドサッ。

アキが、厨房へ続く扉に手をかけたときだった。その音に、彼は慌てて振り返った。

「きゃー、大丈夫？」

「えっ、どうしたの？」

客がざわめいている。絵夢が、気を失い倒れたのだ。

「え！ ちょっと！ どうしたの‼ ねぇ⁉」

アキは血相を変えて大急ぎで彼女の元に駆け寄った。彼女を抱きかかえると、何度も「ちょっと、ねぇ！」と叫んだ。けれど、アキが何度声をかけても、絵夢はぐったりと横たわったままだった。

＊＊＊

絵夢が目を覚ましたのは病院のベッドの上だった。起きるとすぐ、点滴が視界に飛び込んできた。それで、絵夢は、自分が病院に運ばれたのだと、ぼんやりした頭ではあったけれどすぐに理解した。ゆっくりと横を向くと啓の姿があった。彼は、パイプ椅子に腰をかけたまま、絵夢の寝ているベッドに顔を突っ伏して眠っていた。啓は、絵夢の手をしっかりと握りしめていた。

「……」

「……あ、気がついた？」

啓は目を覚ますや否や、ハッとして言った。

「……うん」

「よかった……。あー、よかった」

絵夢が目を覚ましたのを見て、啓は安堵《あんど》の表情を浮かべた。

「本当にお前はもう～」

「……啓、ずっと傍に居てくれたの？」

絵夢がぼそりと訊くと、啓は笑みを浮かべて頷いた。

「さっきまでアキさんもいたんだよ。青ヒゲ生えてきちゃったから、いったん剃《そ》りに帰ったけど」

それを聞いて、絵夢は力なく笑った。

「そっか。ありがとう」

「うん。……あのさ、絵夢、ごめん」

「え？」

「俺、絵夢がこんなに苦しんでるなんて知らなくて、この間、言いたい放題言って。……大体、俺が偉そうに言えるようなことじゃないんだよな。本当にごめん！」

啓は目を固く閉じると、絵夢に向かって深く頭を下げた。

「……」

「俺の言ったことは気にしなくていいから。……あ、そんなことよりさ、ほら、なんか温かいもんでも飲むか？　何がいい？　俺、買ってくるよ」

啓は優しく言うと、スクッと立ち上がった。

「……違う」

絵夢はゆっくりと起き上がると、啓に向かって、微かに首を横に振った。

「え？」

「啓の言うとおりなの。……全部、啓の言うとおり」

絵夢の声は震えていた。

「……絵夢」

彼女はシーツを固く摑み、泣くのを堪《こら》えると、唇を震わせながら続けた。

「あたしは最低な女なの。ここんとこずっと、真一の会社が失敗して真一と奥さんがうまくいかなくなればいいのになって、そればっかり考えてた。そうしたら、真一を独占できるのにって……。最低でしょ？　あたしは意地が悪くて、ずるくて、嫌な女なの」

「絵夢……、もう、いいよ」

啓も苦しかった。絵夢のこんな姿、見ていられなかった。

「よくないよ……。本当にあたしは最低だよ。真一の会社だって、本当になくなっちゃったよ。啓の言うとおり、あたしは自分のことしか考えてなかった。奥さんの気持ちなんて全然考えたことなかったよ」

絵夢は俯き唇をキュウッと嚙みしめた。

「絵夢、もういいって！」

「よくない……。真一のこと愛してるのに……、あたし……その人の幸せすら願えないひどい女なんだよ……」

絵夢は嗚咽《おえつ》を漏らして泣き始めた。

「絵夢……」

啓は俯き、奥歯を嚙みしめた。苦しかった。辛かった。何もしてあげられない自分が恨めしくてどうしようもなかった。

＊＊＊

それから数時間後のことだった。薄暗い病院の廊下に並べられている椅子に座り、彼はある人物がやってくるのを待っていた。待っている間、啓は、一人肩を震わせていた。苦しくて、悔しくて、そして、何より絵夢がかわいそうで、もう泣くのを堪えることができなかった。そのとき、自動ドアの開く音に啓ははたと顔を上げた。自動ドアの間を大急ぎで走って入ってきたのは真一だった。

啓は、その顔を見るなり立ち上がった。真一こそが、啓の待っていた人物だった。立ち上がった啓は鬼のような形相をして、猛烈な勢いで真一に近づいていった。そして突然、ぶん殴ったのだ。啓に勢いよく殴られた真一は、病院の床に吹っ飛んだ。

「いって……」

真一は呟いた。唇の端からは血が出ていた。真一は親指の腹でそれを拭うと、自分を殴った啓を見つめたまま静かに立ち上がった。

「……君が、電話くれた？」

「絵夢の友人の倉田です……」

丁寧な口調だったが、啓の目はいまだ鋭く光っていた。真一もまた啓のことを射抜くようにじっと見つめていた。

「……友人の倉田君。で、絵夢は？」

「今は、安静にして寝てます」

啓は、ギュッと拳を握りしめた。

「……そうか。よかった……。本当に、よかった」

わなわなと震える啓の前で、真一はホッと胸を撫で下ろすと、心底安心した表情を浮かべた。それを見ると、啓はなおさら我慢できなくなった。

「……あんたさ、絵夢のこと好きなんだろ？」

啓は唐突に言った。

「……」

真一は何も言わず啓のことをじっと見た。

「好きなんだろ。それなら、ちゃんと見てろよ！　絵夢のこと、悲しませんなよ！」

啓は病院だということも忘れ、大声で叫ぶように言った。

「……」

真一は、俯いた。啓は声を荒らげたまま続けた。

「あいつが好きなのは、あんたなんだから。あんたしかいないんだから。頼むから、あいつをこれ以上泣かせないでくれよ……。頼むよ……、頼む……、お願いします」

啓の頬は涙で濡れていた。彼は、必死になって言ったあと、真一に向かってこれでもかというほど深く頭を下げた。蛍光灯の薄暗い光が啓の頬を青白く照らしていた。

「……」

真一はただ黙ったままだった。今、真一にできることは、啓から目をそらさないことだけだった。それ以外何もないのだった。何も。

啓が帰り、真一が絵夢の病室に入ったとき、外はもう薄暗かった。夜がゆっくりと明けようとしていた。

水色の病院服を着た絵夢は、ベッドに横たわったまま、ひっそりと眠っていた。スースーと寝息をたてて心地よさそうに眠っているが、顔色はまだ悪かった。

真一は、大きな手を伸ばし、眠っている彼女の髪をそっと撫でた。一回、二回、三回……。

「……」

彼は、無言のまま絵夢のことをただじっと見つめていた。

二〇一二年四月二日　ＰＭ二時四十三分

真一は、がらんどうになったオフィスに大の字になって転がっていた。先月まで、ここで自分はもちろん、数十人の社員が真剣な顔でパソコンに向かっていたなんて、まるで信じられなかった。

「オーラ♪」

カツンカツンというヒールの音とラテンのりの明るい声に、真一は体を起こした。笑みを浮かべて入ってきたのは、ブルーのミニ丈のワンピースを身に纏った絵夢だった。

「てか、このビル、セキュリティ大丈夫？　余裕で入ってこられちゃったんだけど」

「絵夢……」

笑いながら言う絵夢に、真一は呟いた。

絵夢はぐるりと一周見渡してから、感心したように言った。

「すごいね、本当に何もなくなっちゃった！」

「ああ……。本当に一瞬だったな」

「で、これからどうするの？」

ニコニコ尋ねる絵夢に真一はぼんやりと返した。

「さあな……。旅行にでも行くかなぁ」

「ほんと？」

絵夢は目を輝かすと、そのキラキラした瞳で真一の顔を覗き込んだ。

「絵夢はねえ、どっか南のほうの島に行ってみたいなぁ」

「……」

真一は肩をすくめて彼女を見つめた。

「なんでそんな顔してんの」

そう言って真一の頬を手のひらでムギューと挟んだ。絵夢の顔は相変わらず笑っていた。真一はそんな絵夢に力なく笑った。

「残念ながらエコノミーで安モーテルだから、君には向かないよ」

真一は絵夢に背を向けた。

「ふふっ。気にしないで。あたし離陸した瞬間、爆睡しちゃうタイプだし。モーテル？ なんか響きがエロくて最高じゃん！」

絵夢は嬉しそうに言うと、真一の顔を再び覗き込んだ。

「……宿なしのバックパッカーになるかもしれない。君みたいのは一瞬でコブラに喰われちまうよ」

やるせなく続ける真一に、絵夢はニヤッとしてみせた。そして、手にしていたパイソン革のチェーンバッグを指さした。

「コブラね、上等よ。まあ、蛇柄だったらパイソンのが好きだけどね」

手に引っ掛けたバッグを揺らしてみせる絵夢に、真一はついにはっきり訊いた。

「……まだ、俺と一緒にいるつもり？」

「そうだけど？　いけない？」

「あのさ……」

真一は絵夢のことをじっと見つめた。絵夢もその目を見つめ返した。が、彼女はすぐに真一の瞳から目をそらすと言った。

「あたし、ちょっと嬉しいんだ。真一がスーパーマンじゃないことが分かって」

「……」

「……だから、これからも一緒にいていいでしょ？　いいよね……？」

絵夢は不意に真一に抱きついた。真一は絵夢のことを抱きしめ返した。が、その顔に笑みはなかった。

＊＊＊

数日後、絵夢は啓の工房を訪ねていた。啓がちょうどきりのいいところだというので、二人はそのまま工房のデッキでお茶をすることにした。新緑のいい香りが鼻をくすぐる。春の陽気はとても優しかった。絵夢はデッキチェアに腰かけると、啓の淹《い》れてくれたばかりのコーヒーをすすりながら言った。

「昨日さ、アキさんに褒められちゃったよ」

「え？　やったじゃん。なんて？」

啓は自分のコーヒーを注ぎながら訊いた。

「ふふ。最近、気持ち悪いぐらいいい感じじゃないって」

絵夢は嬉しそうに言った。いや、本当に嬉しかったのだ。

「おーっ。じゃ、時給上げてもらえ」

啓の言葉に絵夢は肩を揺らした。そして、言った。

「でしょ？　実は言ってみたのよ。でも、バカ言うんじゃないわよって返されちゃった。これでやっと人並みよ、だって。でも、アキさんの顔笑ってたな」

「そっか」

「うん……」

絵夢は目を細めたまま頷いた。それから、彼女は、マグカップの中のコーヒーをじっと見つめると、少し間を置いてから呟いた。

「実は……、別れたんだよね」

「え……？」

啓は危うくやけどするところだった。彼は、あの日、病院で真一を殴ってしまったことを思い出した。

「何かあったの……？」

コーヒーを淹れながらたどたどしく尋ねる啓に、絵夢は顔を上げると、笑って首を横に振った。

「違うよ。別れたのはあたしじゃなくて、奥さんのほう」

「……ああ、そうなんだ」

啓はホッと胸を撫で下ろすと、淹れたばかりのコーヒーを片手に自分も絵夢の隣のデッキチェアに座った。風が、新緑の瑞々《みずみず》しい香りを運んできた。

「もしかして、ばれたの？　絵夢のこと」

啓は心配そうに尋ねた。絵夢はまたすぐに首を振った。

「ううん。そういうんじゃなくて……。彼の会社が倒産したらあっという間に出ていっちゃったんだって」

「……そうなんだ」

啓は自分のマグカップのコーヒーをぼんやり見つめた。

「まぁ、お金持ちのお嬢様だから、貧乏には耐えられなかったんでしょ」

絵夢は言い終わると、コーヒーをまた一口飲んだ。啓の淹れてくれたコーヒーは濃い目で苦い。でも、どこか懐かしくて優しい味がした。

「……絵夢は？」

「……ん？」

「……まだ付き合ってるの？」

不意に啓に訊かれると、絵夢はしばし黙った。

「できれば、結婚したいなぁって思ってるけど」

絵夢は真面目に言った。

「……そっか。何でそう思うわけ？」

「……何でだろ。……彼ね、家も車も、全部売っちゃったの。社員に退職金払うためにさ。なんか、そういうの知ったら……涙が出るほど愛おしく思えちゃって」

そう口にする絵夢の顔は太陽の光で優しく照らされていた。春風がそんな彼女の頬をそっと撫でながら通り過ぎていく。髪がふわりと風に舞った。

「啓は？　イギリスいつから？」

「え？　あ、来週に決まった」

「そっか……。寂しくなるね」

絵夢は素直に言い、啓は柔らかい笑みを浮かべた。

「……絵夢とも、もう六年くらいだっけ？」

「そう。あのお台場のゴミ捨て場事件以来だね」

啓は懐かしそうに目を細めた。

「真冬に絵夢が裸足で転がっててさ、あれ、俺、まじで殺人事件と思ったからね」

「そうそう。あのとき、啓が助けてくれなかったら、あたし今ごろ凍死してたよ」

絵夢は自分で言いながら、クスクスと笑った。

「あのころはさー、もっと、ビッチ！　って感じだったよね。メイクも服装も」

啓は絵夢のほうを見た。生成りのシャツにベージュのスカート。今日の格好は、なんだか清楚《せいそ》で、ビッチなんて言葉はちっとも似合わなかった。

「啓は全然変わってない。あ、でも髪がちょっと伸びたかな」

そう言って絵夢は、啓の前髪にそっと触れた。

「そんだけかよ⁉」

「ふふ。うん。そんだけ。あ、それで、彼女は？　一緒に行くの？」

絵夢が訊くと、啓は飲もうとしていたコーヒーを口元から離した。

「そうしたいなって思ってるんだけど……、どうかな」

「そっか。……一緒に行ってくれるといいね」

絵夢は心からそう思った。啓の幸せを心底願った。

「絵夢……、何か変わったな」

ふいに啓が言った。絵夢は一瞬キョトンとしたあと、慌てて自分の頬に手をあてた。

「そんなに老けた⁉」

怯《おび》える絵夢に、啓は笑った。

「そうじゃなくて。……なんか、強くなったなぁって」

啓は絵夢をじっと見つめた。絵夢もまた彼のことをじっと見つめ返した。

「それっていいこと？」

首を傾げる絵夢に、啓は思いっきり微笑み言った。

「今なら、百カラットのダイヤも着けこなせそう」

「ええ、何、そのたとえ〜。わかんない」

そう言って絵夢は肩を揺らした。そんな絵夢を見て、啓は思い切り目を細めた。

「今日は忙しいのに、ありがとうね」

楽しい時間はあっという間だ。啓が作業に戻る時間になったので、絵夢は工房をあとにすることにした。啓は正面口まで送ってくれた。

「絵夢、俺がイギリス行く前にもう一回会えるかな」

正面口に着くと同時に啓は訊いた。

「さあ、どうでしょう？　連絡するよ」

絵夢は、柔らかい笑みを浮かべて答えた。

「……待ってる」

「……うん。じゃあ」

「……また」

啓はくるりと背を向けた。絵夢は啓の背中を見送ると、自分も向きを変えて静かに歩き出した。

「……」

階段を上がりかけたところで、啓は振り返り絵夢のことを見つめた。絵夢の背中が遠く離れていく。啓は、しばらくじっと見つめたあと、また前を向き、進みだした。啓が前を向くのと同じタイミングで、今度は絵夢が振り返った。が、振り返ったときにはもう啓は前を向いて歩き出していた。

「……」

絵夢は、小さくなっていく啓の背中をただじっと見つめていた。

6 years before

二〇〇六年十二月二十四日　AM〇時〇二分

その年のクリスマスイブはしんしんと雪が降っていた。

凍えるような寒さの中、啓は傘もささずトボトボと家路を辿《たど》っていた。まだ十八歳の彼はふいに右手を開き、その中にあるものをじっと見つめた。そこにあったのは金色のペンダントだった。それは、啓が作ったものだった。

「……」

啓はそれを見つめながら俯いた。そして、悔しそうに唇を噛みしめたかと思うと、次の瞬間、それをゴミ捨て場に向かって思い切り投げつけた。

「……イテッ！」

「⁉」

声のしたほうを見てギョッとした。こんなに寒い日で、しかも真夜中なのに、ゴミ置き場に誰かが倒れているのが見えたのだ。しかも、その誰かは靴を履いてなかった。

「……いって～」

不意にその足が動いた、かと思うと、次の瞬間、自分とそんなに歳の変わらない女の子が頭をさすりながら起き上がった。

「……」

啓は思わず息をのんだ。その彼女が、あまりにもかわいかったから。とはいえ、メイクはかなり濃かったし、頭にはバニーのヘアバンドをつけているし、はっきり言ってビッチな感じがした。それでも、啓の胸は微かにときめいた。でも、ときめきなんてほんの束《つか》の間だった。

「……いでっ、ええっ⁉」

女の子は、啓の髪の毛を思い切り摑むと、目を三角に吊り上げて「ちょっと！　あんた。誰に向かって物投げてんのよ!?」と怒鳴りつけたのだ。かわいいのは顔だけだった。おかげで、啓はすぐに我に返った。

「……そっちがそんなとこで寝てるから悪いんだろ」

ぶっきらぼうに呟く啓に、女の子はますます目を吊り上げた。

「はぁ？　どこに寝ようとあたしの勝手でしょ？　……クシュン！」

彼女はくしゃみをすると、寒そうに震えた。彼女は裸足の上、胸の辺りが広く開いている薄手のドレスを着ていた。ケープを羽織っているもののとにかくとても寒そうだった。実際寒いらしく、捨てられていた新聞を引き寄せてそれに身をくるんでいた。

「……おいおい。風邪《かぜ》引くよ。早く帰れば？」

肩をすくめて言う啓に、女の子は苛立ったまま返してきた。

「放っといてよ！　靴がなくなったの！　あたしのジミーチュウ……。三か月もお昼抜いて買ったのに……」

最後のほうはもう涙声だった。

「……」

啓は呆れると、ため息を吐いた。関わるのをよそう、そう思った。

彼は女の子にくるりと背を向けて、歩き出そうとした。別に知り合いでもなんでもないのだから、彼に彼女を助ける義務はなかった。けれど、結局、彼は彼女を放っておけなかった。通りすがりのサラリーマンがニヤニヤした視線で彼女を舐《な》めるように眺めているのを見ると、さすがにいたたまれなくなった。

啓は大きなため息をこぼすと、女の子のほうに向き直った。

「このまま置いていけないよ。家どこ？　送ってやるから帰ろう。ほら……」

彼はそう言うと、彼女に背中を向けてその場にしゃがみこんだ。

「ほら、おぶってやるから、乗って」

彼は面倒くさそうに言った。

「……どうせ、あんたもあたしを騙《だま》す気でしょう？」

「はぁ？」

啓は眉間に思いっきり皺を寄せた。

「あたしの裸が見たいから優しくするんでしょう？」

ゴミ捨て場から恨めしそうな声が響いた。彼は肩をすくめた。

「俺は腐った肉と寝てる女なんて興味ないね。ったく、どんな男と付き合ってきたんだよ。ほら、乗ってよ。放っておけないから。早く」

そう言うと啓はしゃがみこみ、女の子に背中を向けた。あまりに真っ直ぐに言われたので、女の子は少し戸惑った。今まで、出会ってきたタイプとは明らかに違うタイプだった。

「……そう言って、そのままホテルにでも連れていくんじゃないの？」

「はぁ……。なんで、そういう発想になるんだよ。ほら、乗れってば」

女の子は、啓の背中をじーっと見つめると、もうそれ以上何も言わなかった。彼女はすごすごと彼の背中におぶさった。

「家どこなの？　この近く？」

白い雪がひらひらと舞う中、女の子をおぶった啓は歩き出した。

「そんなことより、これよく見たら、めっちゃかわいいね」

彼女の手には先ほど啓が捨てたペンダントがゆらゆらと揺れていた。

「そんなことより……って」

「だって、本当にかわいいんだもん。どこのやつ？」

「……」

啓は一瞬言葉に詰まった。が、気持ちを落ち着けると、歩き続けながら言った。

「……今日師匠にこき下ろされたの。それ、俺が作ったんだけど。……俺、才能ないってさ。この間、露店で出したときも客の子たちにダメ出し食らいまくったし」

女の子は自分の手元のペンダントを見つめた。

「ふーん。いらないんだったらこれもらってもいい？ これ、そこらのブランドもんより百万倍はかわいいよ。その師匠も客の子たちも見る目ないね。このよさが、どうしてわかんないかなぁ……」

女の子は、ペンダントをじっと見ながら真顔で言った。でも啓には女の子の表情はまるで見えなくて、それがお世辞か、本気かは分からなかった。それでも胸の奥はじんわりと熱くなった。初めて認められた、そんな気がした。

「……サンキュ」

呟くと同時に背中が急に重たくなり、首を捻って後ろを見ると、彼女がスースーと寝息を立てていた。眠りこけている彼女の手には、しっかりとペンダントが握られていた。啓はそんな彼女に向かって初めて笑みを浮かべると、雪が舞う中、また静かに歩き出した。

「おーい……。君はどっから来たんだよー」

啓はひとり言を呟くかのようにして彼女に訊いた。が、眠ったばかりの女の子は相変わらず気持ちよさそうに眠り続けた。

これが絵夢と啓の最初の出会いだった。

二〇一二年四月七日　ＰＭ六時四十五分

チュールのミニスカートの裾をひらひらと翻しながら、絵夢は自分のマンションの階段を上っていた。ドアの前に来ると、肩にかけていたバッグからささっと鍵を取り出した。鍵には、六年前啓にもらったあのペンダントがついていて、シャラシャラと音をたてた。鍵穴に差し込んですぐ、鍵がかかっていないことに気がついた。

絵夢は、慌てて扉を開けた。

「……ただいま！」

室内には、やはり真一の姿があった。彼は「おかえり」と優しく言うと、玄関まで絵夢を迎えに来た。

「久しぶり！」

絵夢は、こみあげる嬉しさから勢いよく真一に抱きついた。真一はそんな絵夢に向かって柔らかい笑みを浮かべると、彼女のことをそっと優しく抱きしめ返した。

「久しぶりって四日ぐらいだよ?」

「四日もだよ!」

絵夢は目をキラキラさせたまま真一に言った。二人は、それから顔を見合わせて幸せそうに笑った。そして、仲良くいつものように絵夢の部屋へと入っていった。

「真一、どう? 会社のほうは落ち着いた?」

部屋に入るや否や尋ねる絵夢に、真一はしっかり頷いた。

「だいぶ。あとはみんなの再就職先が決まれば、大体終わりかな」

「そう。おつかれさま」

絵夢は落ち着いた口調で言った。こんなときだからこそ、私が彼を支えなければと、彼女は強く思っていた。けれど、真一は別の考えだった。絵夢のことが大好きだから、だからこそ、離れなければいけない。そう思っていた。

「……絵夢」

不意にダイニングの椅子に腰を下ろした真一が、彼女の名を呼んだ。

「ん? なに?」

部屋の奥の棚にバッグをかけていた彼女は振り返ると、いつもと変わらずちょこんと首を傾げた。そんな絵夢に、真一は「ちょっと話があるんだけど、いいかな」と、あえて、できるだけ軽い口調で言った。

「うん……」

「あのさ」

「うん？」

「……別れてくれないかな」

「……へ？」

真一に視線を向けていた絵夢は、目を丸めポカンと口を開けた。何の冗談だろう。

「……何？　どうしたの、急に？」

絵夢が真一に近寄り顔を覗き込むより早く、真一は言った。

「……妻から電話があったんだ」

そう言えば、絵夢が硬直すると真一には分かっていた。

「奥さん……、なんて？」

「……もう一度やり直せないかって」

呆然《ぼうぜん》として尋ねる絵夢に、真一は間髪入れずに返した。声を震わせないようにするのに、必死だった。絵夢は、真一が自分のために演技をしているなんて、まさか思いもしなかった。彼女は、真一のことをじっと見た。

真一の前にあるアンティーク調のテーブルに乗せた料理を、「おいしいね」と笑い合いながら、一緒に食べた。お姫様みたいな天蓋《てんがい》つきの、でも狭いベッドの上で、朝が来るまでキスをした。何度もこの部屋で愛し合った。

それなのに。真一は絵夢の目をほんの一瞬たりとも見ようとはしなかった。見れば、きっとまた抱きしめてしまう。決心が揺らいでしまう。彼は彼女から目をそらしたまま続けた。

「……新しく事業を始めるにも、あいつの親の財力はでかいんだ。それに……」

絵夢は俯いた。もうそれ以上、何も聞きたくなかった。彼女はくるりと彼に背を向けると、絶対に震える声は出さないようにしようと、腹にぐっと力を入れた。

「そっか！　よかったじゃん！　早く言ってよ！」

「……」

彼女は彼に気がつかれないようフウッと一呼吸すると、彼のほうを振り返りニッコリと笑みを浮かべてみせた。

「あー、でもよかった。実はどうしようかなって思ってたんだよね。二人で生活できる収入なんてないし」

「……本当にごめん」

うなだれる真一に、絵夢はフッと笑った。

「やだな。謝らないでよ。ほら、行ってよ！」

真一は静かに立ち上がった。

「……ありがとう」

真一は、絵夢をじっと見つめた。絵夢は、慌ててまた彼に背を向けた。本当は振り返りたくて仕方なかった。でも、振り返ったら、引きとめてしまう。泣きわめいて、真一を困らせてしまう。そんなの嫌だ。硬直している絵夢の耳に、真一が玄関に向かって歩いていく音が聞こえた。今ならまだ間に合う。でも。

「……」

ドアの閉まる音が聞こえた途端、絵夢の目に溜まっていた涙が、一粒二粒と頬を転がり落ちていった。悲しすぎて、もう声すらでなかった。

二〇一二年四月九日　ＰＭ三時〇五分

ランチタイムが終わったので、絵夢は、店の外の看板を片付けようと、外へ出ていた。看板を運んでいると、急に背後から、「よう」と聞き覚えのある声が響いた。絵夢がくるりと振り返ると、そこには革のトランクを手にした啓の姿があった。スーツケースじゃないというのが、啓らしかった。

「……いよいよ出発？　にしても、荷物少ないねー。……あ、彼女は？」

絵夢がニヤニヤして尋ねると、啓は肩をすくめ寂しそうに首を横に振った。

「……ダメだった」

「……そう。あたしが一発、その女殴ってやろうか？」

拳を握りしめる絵夢に、啓はハハッと笑った。

「お願いだからやめて。……そっちは？　結婚いつごろになりそう？」

啓に訊かれ、今度は絵夢が肩をすくめた。彼女はレストランのエントランスに続く階段に腰を下ろすと、啓のことを見上げた。

「……それがさ、奥さんとヨリ戻すとか言い始めて」

「……うそ。まじで？」

啓は目を丸めた。絵夢はコクリと頷くと、はぁっと深い息を吐いた。啓はため息をこぼした絵夢の隣に座りながら「そっかぁ……」と呟いた。絵夢は、遠い目をして、真一に振られたあの日のことをぼんやりと思い出した。

「まるで社員にリストラ宣言するみたいにバッサリよ……。ほんっと、彼らしいわ」

そう言ってやるせなく笑う絵夢の目をじっと見つめると、啓は言った。

「……お前って、ほんっとうに男見る目ないね」

あまりにも力を込めて言うものだから、絵夢は思わず笑ってしまった。

「啓には言われたくないよ！」

「はは。そうだな。……てか、それじゃあ、一緒に行っちゃおうか、イギリス」

啓が突然言った。

「……え？」

絵夢は笑うのを止めて、啓の顔をじっと見た。啓は後頭部をポリポリとかくと、ぼそりと言った。

「ほら、俺たちなんだかんだ腐れ縁だし……」

それから、絵夢の顔を見て付け加えた。

「それに、あんまり相性も悪くないと思うよ」

「……」

絵夢はしばし言葉が出てこなかった。けれど、少しして言った。

「そうだね。いい案かも」

啓がパッと顔を上げた。それと同時に、絵夢は言った。

「……でも、やめとく」

「……」

俯きかけた啓に絵夢は言った。

「あたしさ、啓に強くなったねって言われて、すごい嬉しかった」

啓は顔を上げた。

「だから、もっと強くなりたいの。……自分の力で大切な人を守れるくらいに」

そう話す絵夢の視線はじっと前に向かっていた。彼女の目には精気が宿り、横顔はとても凛《りん》としていた。春の日差しが彼女の横顔を柔らかく照らしていた。

「……そっか」

啓は優しく目を細めた。絵夢は、啓のほうを向くとニッコリ微笑んで言った。

「頑張ってね。イギリス」

「……うん」

啓は目を細めたまま、深く頷いた。絵夢は啓を見つめたまま、きっぱりと言った。

「あたしも頑張るから」

空は青く晴れ渡り、絵具でサッと描いたような白い雲がほんの少しだけ浮かんでいた。あんなに弱かった女の子が、今、こうして前だけを見て進もうとしている。その成長が、たくましさがただただ愛おしくて、啓は、絵夢を思い切り抱きしめたい衝動にかられた。彼女の肩に手を回しかけた。けれども、すんでのところで、腹にグッと力を入れて抱きしめるのはやめた。その代わりに、伸ばしたその手をそのままポンと彼女の頭の上に置いた。

「……あんま無理すんなよ」

柔らかい口調で言うと、彼はそのまま彼女の頭をくしゃくしゃっと撫でた。

「……ふふ。啓もね」

絵夢の表情もものすごく柔らかかった。啓は、それを見て心底安心した。今度は、自分の番だ。彼はスクッと立ち上がると、絵夢に微笑みを向けた。

「じゃ、行くわ」

「うん……」

「またな……」

「うん、またね……」

こうして、啓は絵夢のいないイギリスへと飛び立ち、絵夢は啓のいない日本へ留まったのだった。

After 4 years

「ありがとうございました。またお待ちしております」

そのギャルソンのお辞儀は、髪の毛一本まで神経が行き渡っているようなとても美しいお辞儀だった。客の姿が見えなくなるころ、ゆっくりと顔を上げると、そのギャルソンは絵夢だった。そこには、四年前の絵夢からは想像できないほどに成長した姿があった。

トレードマークだった前下がりのボブヘアはパーマがかったショートヘアに、ウエイトレスを卒業しギャルソンに。メイクも大人の女らしくきまっていた。

顔を上げた絵夢は、ふっと通りに目を向けた。そのとき、通りには真一らしき男性がいた。女性を連れ、歩いているところだった。絵夢は束の間、懐かしさを覚えたがすぐに店に入った。すると、すぐにスタッフが「絵夢さん、お客様です」と、絵夢のことを呼んだ。

「はい！」

振り返った絵夢は、その客を見て一瞬驚くも、すぐに微笑んだ。

「ただいま」

スーツ姿のその客は啓だった。啓は絵夢のことを優しい眼差しで見つめた。

「……おかえりなさい」

二人はしばらくじっと見つめ合った。そして、どちらからともなく、お互いしっかりと抱き合った。窓から差し込む優しい光が、二人の顔をそっと照らしていた。

二〇一六年四月八日　ＰＭ〇時十一分

わたしがあなたを
愛する理由、
そのほかの物語

L story（絵瑠の物語）

―― GLAMOROUS ――

二〇一一年四月二十九日　ＰＭ八時二十二分

今日も表参道の大通りには、ヒールの音がいくつも鳴り響いていた。

絵瑠もまた、その通りでヒールの音を響かせている女の一人だった。

長い髪の毛を後頭部でキュッとまとめ、颯爽と通りを歩く絵瑠。彼女はメンズライクな白いタキシードスーツを身にまとい、顔にはそのスーツにぴったりなクールなメイクを施していた。ラメが入ったグレーのアイシャドウに、真っ赤なルージュ、頰骨の辺りにスッと入れたオレンジ色のチークがかっこよく決まっている。大きく開いた胸元で微かに揺れるゴールドのネックレスが、これまた彼女によく似合っていた。

「……タクシー！」

絵瑠は、通りの端に寄ると、車道を走るタクシーを止めようとスッと手を上げた。

しかし、週末のこの時間、場所も場所で、タクシーはそう簡単にはつかまらない。一台、二台……、彼女の目の前をタクシーがどんどん通過していく。空車の文字なんて、どこにも見当たらない。彼女は肩をすくめると、ため息をこぼした。それでも、手を上げて待ち続けること二十分、やっと一台止めることができたのだった。

「えーと、南青山まで」

絵瑠が後部座席に乗り込みながら、タクシーの運転手に行き先を告げた直後だった。

「えっ！」

彼女は、目を丸めた。

「南青山まで」

なんと、彼女に続いて若い男がタクシーに乗り込んできたのだ。しかも、その男は絵瑠と同じく『南青山まで』と運転手に告げているではないか。男は、サルエルパンツを穿き、Tシャツの上に薄いニット地の上着を羽織っていた。二十三、四だろうか、絵瑠より二つ三つは若く見えた。いや、もしかしたらそれ以上若いかもしれない。彼は、間違いなく絵瑠が先にタクシーに乗ったことに気がついていたはずだ。けれど、あたかも今気がついたと言わんばかりの顔をして、先に乗っている絵瑠に視線を向けた。

「あ、すいません〜……。どちらまで？」

彼は、はにかんだ笑みを浮かべ、絵瑠に尋ねた。見ず知らずの関係なのに、堂々と相乗りしてきたことにはもちろんだが、このわざとらしい素振りにもまた絵瑠は驚いた。

「……」

何か言ってやりたいところだけれど、あまりの驚きで、絵瑠の頭は真っ白になり、口から言葉が出てこなかった。結局、絵瑠が何か言うより先に、その男のほうがペラペラと喋り始めてしまった。

「これから連れのパーティーがあるんすけど、よかったら一緒に行きません？ あなたみたいな美人が来てくれたら皆喜ぶと思うし」

絵瑠の隣に、当たり前の顔をして座っているその男は、相変わらずニコニコ笑みを浮かべ続けていた。

「……」

「どうします？ お客さん」

驚きを隠せないでいる絵瑠に、タクシーの運転手が尋ねてきた。

「出して下さい！」

元気よく答えたのは、絵瑠ではなく彼のほうだった。

「ちょっと……！」

絵瑠はもちろんためらった。けれど、自分の細い腕に巻いた時計に目をやるや否や、あきらめた。もう時間が迫っている。彼女は観念すると、運転手に言った。

「……お願いします」

絵瑠のその言葉を聞くと同時に、男は並びのいい白い歯を見せて力強くガッツポーズをした。

「南青山ですね」

運転手が淡々と尋ねる。

「はい……」

絵瑠が頷くと、タクシーは絵瑠とその男を乗せたまま、夜の街を静かに走りだした。

タクシーの窓の外にはいつもと変わらない風景が整然と広がっている。すれ違う車のヘッドライトが眩しかった。馴染《なじ》みのある景色をぼんやりと眺めているうちに、絵瑠はゆっくりとではあったが、落ち着きを取り戻していった。タクシーが、三つ目の信号を抜け、青山の通りに入ったところで、彼女はやっといつもの余裕ある笑みを浮かべると、隣に座る彼に向かって、はっきりとした口調で言った。

「ごめん、まだ仕事があるの。パーティーは行けないわ」

彼は残念そうに、大袈裟《おおげさ》に肩をすくめてみせた。

「ふーん。そっか……。でも仕事じゃ仕方ないね。じゃあ……はい、これ、俺の連絡先なんで」

「えっ！」

落ち着きを取り戻したばかりだったのに、絵瑠はまた驚き、そして明らかに動揺した。男の手にあったのは絵瑠の携帯だった。一体、いつ抜き取ったのだろうか。男は、自分の携帯も取り出して堂々と絵瑠の携帯に電話をかけると、自分の着信が入ったそれを絵瑠に手渡してきた。

「まあ、午前中は基本寝てることが多いんすけど、それ以外なら夜中でも全然ＯＫなんで」

「……」

彼のそのやり口に、絵瑠はただただ呆れた。彼女は首を小さく横に振ってから、仕方なしに、それを受け取った。

「で、仕事は何時に終わんの？　家は？　三茶《さんちゃ》？　いや中目《なかめ》？」

彼は携帯番号にとどまらず、絵瑠の個人情報を次々と訊き出そうとする。絵瑠は少し、いや、かなり、げんなりとした。けれども――

「家？　家は……」

彼女は、おもむろに財布から免許証を取り出して、それを見ながらはっきりした口調で答えはじめた。

「世田谷区代沢」

「代沢？　え、まじ⁉　俺チョー近所……」

絵瑠の返答に瞳をキラキラと輝かせた彼だったが、彼は絵瑠の手元を見て瞬時に固まった。色白の絵瑠の手にあったのは、絵瑠の財布ではなく、男の財布だったから。もちろん、絵瑠が見ていた免許証は絵瑠のものではなく、男のものだった。

「それ、俺の……。一体、いつ……」

戸惑う彼をあっさりと無視して、絵瑠は運転手に言った。

「運転手さん。この辺りで止めて下さい」

それから、絵瑠はさらりと彼に財布を渡した。

「はい、どうぞ」

「……ありがとうございます」

彼は腑《ふ》に落ちない顔をして、それを受け取った。彼が受け取ると同じタイミングで、タクシーは止まり、ドアが勢いよく開いた。

「どいて、ほら、一回降りてよ」

やられっぱなしじゃないんだから。絵瑠の顔には、まるでそんなことが書いてあるようだった。絵瑠は、肘で彼を小突くと、彼を一度タクシーから降ろさせた。次いで、自分も降りると、彼女は、彼の目の前で財布から素早く千円札を三枚取り出してみせた。今度は、絵瑠自身の財布だった。そして、その三枚のお札を彼のカーディガンの胸ポケットに素早くねじ込んだ。

「それじゃ、おやすみ。倉田啓くん」

絵瑠は、ニッと目を細めると、はっきりした口調でそう言って、彼——倉田啓——の背中を手のひらでポンッとタクシーの中へと押した。

「じゃあ、よろしくお願いします」

運転手は絵瑠のその言葉を合図に、テールランプを灯すと、再び走り出した。タクシーは、みるみる夜の街へと消えて行く。タクシーの姿が見えなくなると、絵瑠は、春風が優しく頬を撫でる中、通りをまた颯爽と歩き出した。

けれど、数メートルも歩かないところで、絵瑠は眉間に皺を寄せてしまった。

「……っ」

見ると、かかとからうっすらと血がにじんでいた。靴ずれだ。履き慣れた靴で来なかったことを後悔した。が、後悔したところでもう手遅れだ。このまま歩くと、ますますひどくなるに決まっている。絵瑠は、かかとをそっと撫でて、車道のほうを見た。が、タクシーは回送ばかり。もう、新たにタクシーを待つ時間はない。

「……」

彼女は、大きく深呼吸をすると、突然、履いていた靴を脱ぎ、その靴を手の指先に引っ掛けて、大胆にも裸足で歩き出したのだった。

＊＊＊

絵瑠が到着したのは、南青山のクラブだった。階段を下り重たい扉を開けた。フロアは、DJのまわす音楽で今日もとことん盛り上がっていた。

「おお、絵瑠！」

呼ばれたほうを見ると、絵瑠の友人が三人、ソファー席に腰を下ろしていた。三人とも盛装をしていた。

「お待たせ！」

「座れ、座れ」

絵瑠はにっこり微笑むと、席に着いた。そして、席に着くや否や、三人の顔をぐるりと見渡して首を傾げた。

「主役は？」

「ちょっと遅れるって。絵瑠は何飲む？」

「イエーガー」

絵瑠がはにかんだ笑みを浮かべて言うと、黒ぶちメガネの男がすぐさま店員を呼びとめた。

「イエーガーちょうだい！」

店員がイエーガーを持ってくると、激しい音楽が響き渡る中、絵瑠を含める四人は乾杯をした。そして、しみじみとした顔で話し始めた。

「いよいよ明日だな。……絵瑠は、明日仕事なんだっけ？」

尋ねられ、絵瑠はすぐさま残念そうに答えた。

「うん。どうしても抜けられないミーティングあってさ」

「そっか。残念だな。で、今夜はどうする？　ストリップでも行く？」

満面に笑みを浮かべて提案する男友達の一人に、絵瑠は「すいませーん。わたしたち興味ないんですけどぉ」と、先ほど絵瑠のお酒を頼んでくれた黒ぶちメガネの男の腕を摑んだ。そして、クスクス笑いながら言った。絵瑠の隣に座るその男、アキと言った。彼は絵瑠の親友であり、同僚であり、そして同性愛者であった。

「ははは。そりゃそうだよな。てかさ、今回の結婚、俺、正直意外だよ。俺はさ、シンさんはずっと絵瑠のことが好きなんだと思ってたから」

「俺も、そう思ってた！」

絵瑠の向かいに座る二人の男友だちは、代わる代わる煙草の灰を落とした。それを聞いたとき、絵瑠の目に一瞬だけではあったが動揺の色が浮かんだのを、アキは見逃さなかった。

「どうしてそんなこと思うわけ？」

絵瑠はすぐさま動揺を抑えると、溢れんばかりの笑みを浮かべ、ありえないと首を横に振ってみせた。

「だってさ、あの遊び人が、お前だけには手を出さなかったし……。って、出されてないよな？」

煙草を吹かしながら訊く彼に絵瑠は、笑って頷いた。

「まったく」

答えてから、絵瑠はイエーガーを豪快に飲みはじめた。紫色の煙が、レースのカーテンのように儚《はかな》く揺れている。半分ほど飲んだところで、プハッと息を吐くと、彼女は満面に笑みを浮かべて言った。

「なんてったって、こうして、バチェラーズパーティーに呼ばれるくらいですから。まさか手を出した女を独身最後のパーティーに呼んだりしないでしょ」

「そうよねぇ。シンちゃんにとって、絵瑠は完全に男扱いだものね」

隣でアキが頷いて、それから、ケタケタと笑ってみせた。

「ところでさ、奥さんってどんな人か知ってる？　絵瑠とアキは会ったことある？」

「あたしはないのよお」

手を振りながら答えるアキに続き、絵瑠も即答した。

「ない」

そして、直後、グラスに残ったイエーガーを全て飲み干すと、遠くのほうで皿を片づける店員に向かって、身を乗り出して叫んだ。

「すみません！　おかわり！」

「そうかー。絵瑠たちも会ったことないのかー……。てかさ、絵瑠もそろそろ彼氏作んないとなあ」

「全くだな」

突然の振りにも、絵瑠は、あっけらかんとしてアキの顔を見た。

「いるよ。ね、アキちゃん」

「ええ」

「まじ⁉」

二人が目を丸めると、絵瑠は微笑を浮かべ頷いた。

「言わなかったっけ？」

「知らないよ。いつから？」

「写真見せろよー」

絵瑠はにやりと笑うと、携帯を取り出して長い指先で画面を操作し始めた。そして、とある画面を、さも自慢気に二人に披露した。

「ふふ。超ラブラブなの。毎日上乗ってきて寝かせてくれないんだよね。マックスって言うんだ」

「外国人⁉　……って、は？」

興奮気味に画面を覗き込んだ二人は顔を見合わせた。二人は、短い沈黙のあと、深いため息を吐いて首を横に振った。そこに映っていたのは、背の高い外人の彼氏……ではなく、首をにゅーんと伸ばした亀だったのだ。

「お前……、孤独死だけは避けろよ」

二人の目は憐みに満ちていた。でも、そんなの、絵瑠には全然堪《こた》えなかった。

「えー、孤独死なんてしませんー！　てか、マックス、超かわいくない？」

絵瑠が携帯の画面を自分のほうに向け、愛おしそうに見つめた、そのときだ。

「あ、シンちゃんからメール。もうすぐ着くって」

絵瑠の隣に座るアキが、携帯を取り出して言った。

「お、やっとだなー。さ、主役登場だな。さて、シンさんの独身最後の夜、盛大に行きますか！」

「おうっ。今日は飲みまくるぜー」

絵瑠は手にしていた携帯をギュッと握りしめた。そして、ヒールの中でキュッと足の指を丸めると、小さく息を吸い込んだ。それから、彼女は唐突に立ち上がった。

「……ごめん！　大事な仕込み一つ忘れてきちゃった。お店、戻んなきゃ」

三人は驚いて、顔を見合わせた。

「まじかよ!?」

「明日でいいだろ？」

「そうよ、絵瑠。ちょっとぐらい顔見ていけば？」

三人にそう言われるも、絵瑠は笑みを浮かべて首を横に振った。

「大事な仕込みなの。ほんっと残念だけど……。あっ、ストリップ感想教えてよね！　じゃ、アキちゃん、これ、わたしの分。それじゃあね！」

絵瑠は財布から自分の飲み代を素早く取り出すと、それをアキに渡して、笑顔のまま、ツカツカと歩き出した。

「ちょっと、絵瑠！」

「おいー。もう少しいろって！」

背後から、皆の声が響くも、絵瑠は気がつかないふりをして、そのまま歩き続けた。ヒールの音をカツカツたてて歩く絵瑠の顔に、もはや笑顔はなかった。

「……あ、ごめんなさい！」

出口に向かう絵瑠は、いつのまにか俯いてしまっていた。だからだろう。絵瑠は、突然、前方から急いでやってきた人物にぶつかってしまったのだ。咄嗟《とっさ》に謝り、顔を上げた彼女は、硬直した。

「……真一」

仕立てのいいスーツに身を包んだ男だった。絵瑠がぶつかったその相手こそ、今日のバチェラーズパーティーの主役──橘真一──だったのだ。

「絵瑠！　え？　どこ行くの？」

「……その、ちょっと。ごめんね！」

絵瑠は申し訳なさそうに言った。それだけ言うのも精一杯のことで、言いわけの一つも口にできなかった。

「絵瑠？」

「またね！」

絵瑠は真一に慌てて作った笑顔を向けると、逃げるように店を出たのだった。

＊＊＊

店を出た絵瑠は、真っ赤な口紅を塗った唇をグッと噛みしめながら、静かに空を見上げた。空には無数の星が美しくきらめいていた。明日も晴れそうだ。きっと、結婚式にもってこいの一日になる。それを思うだけで、胃の辺りがキュウッと締め付けられるのが分かった。

「……」

絵瑠は手にしていた紙袋から中身を取り出した。中に入っていたのは、シャンパンボトルと一枚のカードだった。

〈TO 真一 HAPPY WEDDING〉

絵瑠は自分で書いたメッセージを、まじまじと見つめた。シャンパンもカードも真一にプレゼントするはずだった。でも、結局、渡せやしなかった。

「……」

絵瑠がカードから目を背けた瞬間だった。突然、バッグの中の携帯がやかましく鳴り響いた。彼女は、慌ててバッグから携帯を取り出すと、表示された相手に首を捻りながらも通話ボタンを押した。

「……はい？」

『あ、もしもし？ 俺！ 啓だけど』

電話の向こうから響く陽気な声に、絵瑠は眉をひそめた。

「……ケイ？」

『あー、ひどいなぁ。人の財布スッといて忘れたの？ そろそろ仕事終わった？ てか、名前なんていうんだっけ？』

楽しそうな口調で喋るその電話相手が誰なのか絵瑠は、すぐに気がついた。彼女はコホンと咳払いすると、肩をすくめて言った。

「そっちこそ、人の携帯盗っといてよく言うよ」

『あはは。まぁね。てか、今どこ？　迎えに行こうか。青山？　表参道？』

啓は相変わらず強引で、ものすごく適当だった。その感じに絵瑠は肩をすくめると、フッと笑って言った。

「……外苑前。五分で来て」

普段はその辺の男の誘いに乗ったりなんてしない。身もちは絶対的に固い。でも、今日の絵瑠は違った。自分のことをよく知らない誰かと喋りたかった。やけになっていたわけではないけれど、少しだけ、ほんの少しだけ目の前に迫る事実から逃避したかった。

『わかった。外苑前ね。じゃあ、切るよ』

啓は本当に五分以内に来るつもりなのか、すぐに電話を切った。絵瑠は、通話の切れた携帯をバッグに収めると、もう一度、あのカードをじっと見つめた。

「……」

〈ＴＯ　真一　ＨＡＰＰＹ　ＷＥＤＤＩＮＧ〉

自分で用意したそれを、絵瑠は手のひらでクシャッと握り潰した。

二〇一一年四月三〇日　ＡＭ四時二十分

「ありがとうございました」

まだ夜は明けていなかった。礼儀正しくタクシーの運転手にお礼を言ったのは、絵瑠ではなく啓のほうだった。

「ちょっと！　危ないって」

啓は先に降り、おぼつかない足元で歩き出した絵瑠を、慌てて追いかけた。

明日から五月といえども、海辺の明け方はまだまだ冷える。啓は「さむっ」と凍えながら、どんどん進んでいく絵瑠のあとについていった。

外苑前で待ち合わせた二人は、とりとめもない話を酒のつまみに飲んで、飲んで、飲みまくった。特に絵瑠のほうは、きつい酒を次から次へと頼んだ。

「冷たい〜」

絵瑠は、ハイヒールを投げ捨てて、裸足で波打ち際へ向かうと、そのまま海に足をつけてはしゃぎだした。啓は、肩をすくめてそんな彼女を見ていた。

「ねぇ、海に来たいって言うから来たけど……。さすがに寒いし、どこか入ろうよ

〜」

啓の言うことはもっともだった。

それでも、絵瑠は波と戯れるのをやめようとはしなかった。

「ねぇ、それ、開けていいよ」

ふいに絵瑠が振り返り、啓に向かって言った。

「えっ？」

「だから、それ」

絵瑠が、啓の手にしている袋を指さし、ニッと白い歯を見せた。それは、絵瑠が真一のために用意したシャンパンとカードが入っているあの袋だった。

「……これ？」

啓は困惑しつつも紙袋の中から、シャンパンを取り出した。きちんとリボンをし、めかし込まれたシャンパンを手に取った啓に向かって、絵瑠は先ほどよりも大きな声で叫んだ。

「飲んでいいよー」

すると、啓が大真面目に言った。

「いや……開けたことないんだけど」

啓の返答に絵瑠は目を見開き、首を大袈裟に横に振ってみせた。

「まさか、十代じゃないでしょうね？」

「二十四です」

少しすねた声で答えた啓に、絵瑠はクスクスと肩を揺らした。

「若いなー。わたしより四つも下なんだ。そりゃ、シャンパンも開けたことないか」

「もー、そっちが開けてよ」

啓はむすっとしたまま言うと、絵瑠のほうに向かおうとした。でも、彼ははたと足を止めた。

「……」

紙袋の底に、握りつぶされたメッセージがあるのを見つけてしまったのだ。

〈TO 真一 HAPPY WEDDING 〉

綺麗な字でそう書かれたカードは無残にも、くしゃくしゃに丸まっていた。啓は、それをじっと見つめ、それから、そのカードを書いて潰した主であろう絵瑠のほうに視線を移した。絵瑠は、水平線の太陽をじっと見つめているところだった。海に降り注ぐ鮮やかなオレンジ色の光が水面に反射し、それが絵瑠の顔を煌々《こうこう》と照らしていた。ただ静かに太陽を見つめる絵瑠の姿は美しく、啓は思わず息をのんだ。

「……これ、はい」

啓は、とりあえず見なかったことにした。

絵瑠のほうへ向かっていくと、シャンパンを彼女に手渡した。

「ありがと。よし……いくよ！」

「え？」

啓が止める隙なんてなかった。絵瑠は、啓から受け取った途端、シャンパンを振って、そして、勢いよく栓を飛ばしたのだ。シャンパンは静かな海に向かって溢れ出した。

「えええ！　ちょっと！」

驚きを隠せない啓をよそに、絵瑠は嬉しそうにシャンパンを撒《ま》き散らし続けた。ボトルの口から、シャンパンがまるで波のようにしぶきをあげて、散っていく。

「こういうの、海にばらまくやつ！　なんていうんだっけ？」

無邪気な表情を浮かべ訊く絵瑠に、啓は困惑した面持ちのまま首を横に振った。

「……知らない」

「ふふ。バーカ」

楽しそうに笑う絵瑠を見て、啓はなんだかせつなくて、言葉にならない気持ちが胸いっぱいにこみ上げてきた。啓がそんなふうに感じているなんて絵瑠は夢にも思っていなかった。彼女は、結局、シャンパンを空になるまで海に撒いた。最後の一滴が海に溶けると、彼女はふっと肩をすくめ、優しく目を細めて啓のほうを見た。

「ありがとう！　楽しかった！」

啓は慌てて返した。

「俺も楽しかった！」

眩い陽の光が海を照らす中、波は相変わらずただ静かに、寄せては返すを繰り返していた。打ち寄せる波の音を聴きながら、絵瑠は呟いた。

「帰ろっか……」

「……うん」

海に背を向けてゆっくりと歩き出した絵瑠の背中をじっと見つめたあと、啓は突然叫んだ。できるだけ元気よく、無邪気に聞こえるようにして。

「ねえ！　そろそろ教えてよ！　名前」

絵瑠はくるりと振り返るといたずらに笑って言った。

「アルフレッド・グラシアン」

「え？」

きょとんとする啓に向かって、彼女は付け加えた。手にしている空のボトルを指さしながら。

「一九七一年。結構高いんだよ、これ」

絵瑠が明るく言うのを見て、啓は思わずフッと笑った。絵瑠もまた、そんな彼に向かって、口元を緩め目を細めたのだった。

二〇一一年四月三〇日　ＡＭ一一時五九分

「……んー」

携帯が鳴り響いたのは、正午前だった。

絵瑠は、モノトーンでまとめられたシックな自室にいた。黒いシーツで覆われたベッドの前には、彼女が脱ぎ散らかした服が散乱していた。当の彼女は、ベッドに行く前に力尽き、床で眠りを貪っているところだった。

昨日飲んだ酒が体中に残っている。頭が痛い。絵瑠は、起き上がろうとはせず、寝転がったまま手探りで携帯を探した。しばらくそうしていると、携帯の感触を手に感じることができた。ホッとして拾い上げて画面を見ると、そこには『真一』の文字が浮かんでいた。

「……もしもし」

『もしもし、絵瑠？』

電話の向こうから響く真一の声に、絵瑠は目を閉じた。

『悪い。仕事中だった？』

「ううん。……何？」

自分はいつの間に髪の毛をおろしたのだろう。絵瑠はくしゃくしゃになった後頭部を掻きながら、ゆっくりと起きあがった。

『いや、昨日、あんまり話せなかったから』

真一の言葉に絵瑠は、脱力して笑った。

「結婚式の朝に女に電話する新郎がどこにいんの？　もう式場でしょ？」

『うん、そうなんだけどさ。ごめん。急に絵瑠の声が聞きたくなって』

電話の向こうで、真一は大真面目に答えた。真一はそういう男なのだ。いつだって自分に正直で、誰に対しても真っ直ぐで、とてもいい男で、とてもずるい男。

「何それ！　気持ち悪いってば！」

絵瑠は、笑い飛ばしてみせた。真一、本人を目の前にしたら、こんなふうにはできなかっただろう。顔が見えない電話だからこそ、それができた。

『はは。あ、そうだ。来週、絵瑠の店予約してるんだ』

いつもと変わらない会話をする真一に、絵瑠は俯いた。真一は、直後に結婚式を控えている新郎とは到底思えなかった。でも、彼は結婚するのだ。大企業のお嬢様と。

「不倫なら別の場所でお願いします」

『はは。ひどいなぁ……。あ、呼ばれちゃった。そろそろ行かなきゃ。仕事、頑張ってね』

絵瑠は携帯を耳に押し当てたまま、ぼんやりと窓の外を眺めた。鮮やかな青空が迫ってくる。やはり、今日は結婚式日和《びより》だ。

「……うん。真一、結婚おめでとう。それじゃあ」

おめでとう―その言葉を言うだけで、もう、胸がはちきれそうだった。でも、言えた。ずっと片想いしていた大好きな彼の結婚を祝う言葉を……。彼女は電話を切ると、その場でうずくまった。彼女の視線の先には、今朝、海辺で開けたアルフレッド・グラシアンのシャンパンボトルが転がっていた。彼女は、もう一滴も残っていない、そのシャンパンのボトルをじっと見つめた。

「……」

ボトルは空なのに。でも、彼女のほうは、何かが、抑えていた何かが一気に溢れ出し、とうとう堪えられなくなった。彼女は、両手で顔を覆った。

「あ、起きた？」

感傷に浸ろうとしていた絵瑠は、咄嗟に手を離し、慌ててメガネをかけると、声のしたほうを振り向いた。

「‼」

絵瑠の視界に、啓の姿が飛び込んできた。

「途中で寝ちゃうから大変だったよ～。あ、変なことは一切してないので、ご心配なく。てか、絵瑠さん、いいね。メガネ似合う」

自分の目の辺りを指差し、ニコニコと笑みを浮かべて言う啓に、絵瑠の涙は一気に引っ込んだ。彼—啓—はいつだって絵瑠を驚かせる……。彼が、自分の名前を知っていることにも驚いたし、それより何より、部屋に上がっていることに驚いた。記憶を辿るも、途中でプツリと途切れている。絵瑠は口を開け、首を横に振った。驚愕《きょうがく》して言葉にならない絵瑠を尻目に、啓のほうは笑みを浮かべたまま、ぐるりと部屋を見渡した。

「結構いい家じゃん！　まぁ、色気は……ゼロだけど」

　はにかんで言う啓の指先には絵瑠のお気に入りのランジェリーが引っ掛かっていた。そういえば、昨日パーティーに行く前洗濯物を取り込んだまま、畳んでいなかった。

「……！」

　すぐさまランジェリーを奪い返し、くるりと背を向けた絵瑠に、啓はにこやかに言った。

「うわごとで言ってたのは、彼氏……いや、失恋相手ってとこかな？」

　絵瑠は目を見開き、振り返った。

「……わたし、何て……」

　焦る絵瑠を見て、啓は肩を揺らした。

「うそ。いびきがおっさんみたいだったよ」

「……」

　啓は、絵瑠の反応を見てにやにやと笑った。そして、唐突に絵瑠に視線を合わせてきた。そして、今度は彼女の目を真っ直ぐに見つめると言った。

「で、どんな奴なの、シンイチって」

「！」

啓はまた一つ笑ってから、それから、ふいに大きな声をあげた。

「やべっ！　あの時計合ってるよね？　俺、そろそろ行かなきゃ！」

「え……」

啓の視線の先には時計が置かれていた。啓は、ぽかんとしている絵瑠をそのままに、一人あたふたと用意すると「じゃあ！」と軽く挨拶をして、バタバタと部屋を出ていってしまった。

「……」

突然のことすぎて、何が何だかまるで整理ができない絵瑠は、ただぽかんと突っ立っていた。啓はまるで突然起こった嵐みたいだった。絵瑠の思考は、てんでついていっていなかった。

「絵瑠さん！　絵瑠さん！　絵瑠さん！　絵瑠さん！」

放心状態でいる絵瑠の耳に、また、今、出ていったばかりの啓の声が響いた。外から大声で響くその声に絵瑠は、はっと我に返り、慌ててバルコニーに飛び出した。

「ちょっと！　近所迷惑！」

バルコニーに並べてある植木鉢を急いでよけて、白いアイアンフレームの柵を摑み、身を乗り出して叫ぶ絵瑠に、啓はまた溢れんばかりの笑みを浮かべた。そして、絵瑠のことを見上げたまま、彼は思い切り嬉しそうに叫び返した。

「絵瑠さん！　俺、絵瑠さんのこと好きになっちゃったかも！」

「……は？」

絵瑠は思ってもみない啓のセリフに、眉間に皺を寄せた。本当に理解できないと呆れる絵瑠を前に、啓は相変わらずニコニコ笑っていた。

「じゃ、行ってきます！」

啓は、嬉しそうにそう言うと、アスファルトを蹴って元気よく駆け出した。

「なんなんだか……」

楽しそうに駆けていく啓の後姿を見ながら、絵瑠はポツリと呟いた。

けれど、なぜだろうか。彼の背中が小さくなって、角を曲がって見えなくなる頃には、彼女の顔にも笑みが浮かんでいたのだった。

二〇一一年五月七日　ＰＭ八時四一分
週末のディナータイム。絵瑠の勤めるフレンチレストランは、今日も満員の客で賑わっていた。客のテーブルには、色とりどりの料理が並び、それらの料理を、グラスに注がれた赤や白のワインがさらに彩っている。モーツアルトの優しいメロディーがゆったりと流れ、客は各々、出された料理をしっかりと味わっていた。そこには、穏やかな空間が広がっていた。

けれど、その奥にある厨房は、まるで違っていた。ディナーに舌鼓を打つ客たちには到底想像できない戦場のような忙しさに支配されていた。そして、その戦場のような厨房で、きりりとした目で指揮をとっているのは絵瑠だった。

「ギャルソン！　六番テーブル！」

絵瑠がカウンターから叫ぶと、ギャルソン姿のアキが颯爽とやってきた。先日、真一の独身パーティーにも同席していた、あのアキだ。

「ウィ！」

アキは、絵瑠から料理を受け取りつつ、絵瑠にそっと耳打ちした。

「絵瑠、五番の魚、グリエに変更できないかな？」

「え！」

アキに言われ、絵瑠は慌てて、カウンターに並べてあるオーダー票に目を通した。

「もう、ヴァプールで通っちゃってる！」

はっきりとした口調で返す絵瑠に、アキは本当に申し訳なさそうに言った。

「ごめん！　後で一杯奢るから！」

「でも……」

絵瑠が何かを言いかけたとき、客席のほうからガシャンと大きな音が響いた。こうなると、アキはすぐに戻らなければならない。

「あ〜、もう。……よろしくね！」

アキは慌ててホールのほうへと戻っていった。

「……」

絵瑠は小さくため息を吐いた。そして、そのまま大きく息を吸い込むと、厨房に向かって叫んだ。

「五番ヴァプール止めて。グリエで作り直し！」

そうして指示を飛ばすと、彼女自身もすぐコンロの前に移動した。

ソースパンの中で、沸々と小さな泡をたてているソースをスプーンですっと掬《すく》って味を見ると、絵瑠は、自分の判断でそれに調味料を少しずつ加えていった。料理をする彼女の目は真剣そのものだった。

「絵瑠、さっきは本当にありがとう！　助かったわよ。あのお客様、蒸した魚苦手でさあ」

＊＊＊

時計は、もうすぐ二十三時を回ろうとしていた。

一日の業務を終え、先ほどの状態が嘘のように、すっかり落ち着いた厨房で道具の手入れをしている絵瑠の元に、アキが笑顔でやってきた。

「ねぇ、これオーダーとったの誰？　アキちゃんの字じゃないでしょ？」

絵瑠は手にしていた道具を一度置き、カウンターに置いてあったオーダー票に目を向けた。その口調には、明らかに苛立ちが含まれていた。真剣に選んだ食材が、心を込めて作った料理が、無駄になってしまったのだ。絵瑠が怒るのも無理はない。

「……僕からちゃんと言っとくから～」

アキは自分の顔の前でパンッと両手を合わせると、キュッと目を閉じて、しっかりと頭を下げた。

「そう言うことじゃなくてさ……」

まだ言い足りないでいる絵瑠に、アキは話をそらすかのように、新しい話題を提供した。

「あ、そうだ。明日、シンちゃん予約入ってるんだけど」

アキが取り出した予約表には、真一の名字が書かれていた。人数の欄には二名と記されている。

「ああ……。来るって言ってたっけ。明日は誰と来るんだろうね。今回はさすがに奥さんかな」

絵瑠はアキの話題に乗った。しかも、最後のほうは少しおどけていた。

「ねぇ、大丈夫……？」

おどける絵瑠に、アキは神妙な面持ちになると静かに尋ねた。

「ん？　何が？」

絵瑠はまるで分からないという顔をした。努めて明るく振舞おうとしているのが、長年の同僚であり友人であるアキに、見破れないわけがなかった。アキがそれ以上訊く前に、絵瑠は彼に背を向けた。

「そうそう、エビのジュレ（ゼリー状ソースで味付けした料理）仕込まなきゃ。真一、いつもメニューにないのに必ず頼むでしょ。仕方ないんだから。アキちゃん、気にせず先に帰ってよね」

絵瑠はアキの顔を見ないままに、ハキハキとそう言うと、巨大な冷蔵庫を開けて、ごそごそと食材を取り出し始めた。鼻歌を奏で、楽しそうに準備を始める絵瑠を、アキはいまだ心配そうに見つめていた。

＊＊＊

明日の料理はもちろん、真一が大好きなエビのジュレの仕込みも終わり、絵瑠はようやく今日一日の仕事を終えた。私服に着替え、裏口の重たい扉から出ると、いつもと変わらずしっかりと鍵をかけた。

「おつかれ。今日は遅かったね」

鍵をかけ終えた絵瑠は、背後から響く声にげんなりした表情を浮かべた。

「……だから、毎日、店来るのやめてって言ってるでしょ」

「帰り道なんだって」

声の主は啓だった。酔っぱらったときに、自分の職場をうっかり喋ってしまったらしい。自分でも、もうまるで思い出せないけれど、とにかく、啓はあの日以来毎日、これぐらいの時間に、絵瑠の職場に、いや、正確には、絵瑠の職場の裏口にやってくるようになっていた。

「絵瑠さんも今度俺の職場に来てよ。ジュエリー工房とか見たことないでしょ」

「行きません」

間髪入れず返すも、啓はまるで引かない。まるでご主人様にじゃれる犬のように無邪気に、絵瑠についてくる。

「そうだ、明後日の定休日とか何してるの？　もし暇だったら……」

「ごめーん」

絵瑠は、ピタリ止まると、くるりと振り返り、わざとらしく残念そうに言った。

「明後日は、ちょうど掃除したり、本読んだりしなきゃいけないんだった。じゃあね」

絵瑠は、ありったけの笑みを浮かべると、直後、真顔に戻り再び颯爽と歩き始めた。普通なら、あきらめるところだ。でも、啓は、絵瑠の拒否にちっとも動じなかった。

「……掃除、手伝おうかー？」

ずんずん進んで行く絵瑠の背中に、啓ははにかんだ笑みを浮かべたまま訊いた。絵瑠はそれを無視して歩き続けた。まだ、当分の間、彼は彼女が振り返るのを待ち続けるのだろうと思いながら。

＊＊＊

翌日も厨房は戦場のような雰囲気が漂っていた。

「3番オードブルまだ？　盛りつけ三つお願い！」

もちろん、絵瑠は今日もその中で、朝からずっと指示を飛ばしている。ディナータイムは今日も満席で、ギャルソンのアキも大忙しだ。アキは何度もカウンターに足を運び、流暢《りゅうちょう》なフランス語で次々とオーダーを読み上げている。

「ウイ！　……あ、アキちゃん、これ」

アキが何度目かのオーダーを通しに来たとき、絵瑠は、美しく盛り付けられたエビのジュレを、彼にスッと手渡した。

「あ……」

両手に一皿ずつ乗っけられた途端、アキの黒ぶちの眼鏡の下にある小さな瞳が泳いだ。明らかに困惑するアキに、絵瑠はきょとんとして首を傾げた。

「真一、もう来てるでしょ？」

絵瑠の声は明らかに弾んでいた。

「絵瑠、あの……、一応聞いてみたんだけどね……」

アキは、苦虫を噛み潰したような顔になった。

「……うん？」

アキが何を言おうとしているのかまるで分からず、絵瑠は笑みを浮かべたまま首を傾げてみせた。

「奥さん……エビアレルギーらしくって」

一瞬だけ、二人の間に沈黙が広がった。でも、それは本当にほんの一瞬だった。

「そっか」

絵瑠はそれだけ言うと、アキに手渡したばかりの皿をサッと奪い取った。

「あっ！」

アキが止めるよりも早く、絵瑠は皿の上のジュレをゴミ箱に捨てた。美しいエビのジュレは、ほんの一瞬で無残な姿になってしまった。

「……」

アキは絵瑠にどう声をかけたらいいのか分からなくて、ただ黙って彼女を見つめていた。どんな言葉も、今の彼女を慰めるのにはちっぽけすぎる気がしたのだ。

絵瑠は、しばらくの間、その場に立ち尽くし、自分が捨てたもう誰の口に入ることもないエビのジュレをじっと睨みつけていたのだった。

＊＊＊

いつも以上に疲れた。いつもと同じようにして、同じ時間働いたはずなのに、今日の疲れ方はいつもとまるで違っていた。それがどうしてなのか、絵瑠はちゃんと分かっていた。やり場のない思いを抱えた絵瑠は、睫毛を伏せフウッとため息をこぼしながら、今日も仕事場の裏口の扉を開けた。

「……」

裏口には、業者が回収してくれるワインの木箱が積まれている。いつもは、そこに啓が軽く腰を掛けている。いつだって、彼は、絵瑠の仕事が終わるのを、忠犬ハチ公のように、まるでそれが当然のこととして待っていた。

けれども、今日は彼の姿はそこになかった。昨日、ちょこまかとついてくる彼に、絵瑠は、明日も絶対に来るなと思っていた。けれど、いないのだ。こんなに早くあきらめられるなんて、正直思っていなかった。

「……」

絵瑠は無言のまま歩き始めた。

ひんやりとした夜風が絵瑠の頬をそっと撫でていく。今日は少し寒い。タンクトップはまだ早すぎたかもしれない。絵瑠は、上着を持ってこなかったことを少し後悔して、巻いていたベージュのストールにそっと顔を埋めた。投げ捨てたエビのジュレのことが脳裏をよぎる。何もあんなふうに捨てることはなかったかもしれない。

店から百メートルほど進んだ辺りだったろうか。タッタッタッ……。誰かが駆けてくる音がした。絵瑠の耳に届いたその音はみるみるうちに大きくなっていったが、絵瑠は、それが自分を追いかけてくる誰かの足音だなんて思いもしなかった。彼女は瞬く星空の下、ぼんやりと、いつもの家路を辿っていた。

「ワッ！」

「！」

だから、その足音の主に背後から驚かされたときは、さすがにびっくりした。絵瑠を驚かした直後、絵瑠の正面に回った足音の主は、満面の笑みを彼女に向けた。

「……びっくりした〜！」

「ごめん。今日、先輩がなかなか帰してくれなくてさ。遅くなっちゃった」

はにかむその主は、啓だった。ニコニコと話す啓に、絵瑠はクスリと笑った。

「別に、待ってないんですけど？」

そう言いつつも、絵瑠の声はどこか優しかった。

「また、そんなこと言う～。……ん？　てか、絵瑠さん、いつもと何か違う？」

啓は、絵瑠の顔をまじまじと見つめだした。

「な、何？」

少し動揺する絵瑠を啓は上から下までジロジロと眺め尽くした。どれくらいの時間、啓は絵瑠を観察していただろうか。

「わかった！」

啓が叫んだとき、絵瑠は、思わず息をのみ込んでしまった。啓は、そんな絵瑠に向かって自信満々に言った。

「絵瑠さん……、化粧変えたでしょ！」

「……はぁ？」

拍子抜けする絵瑠を前に、啓は堂々と続けた。

「いつもより力入ってる感じするんだよなー。何かいいことあった？」

啓は、絵瑠にずいっと顔を近づけて嬉しそうに訊いた。

絵瑠は、啓の質問に目を伏せた。

「……あれ、もしかしてその逆とか」

顔を上げない絵瑠を見て、啓は今度は少し控えめに尋ねた。

「……ビンゴ？」

「だったらどうなの？」

絵瑠の声が微かに震えた。

「だったら……ちょっと嬉しい」

言い終わった瞬間、啓はひまわりみたいな顔になった。

「はあ？」

絵瑠は眉間に思いっきり深く皺を寄せ、顔を上げた。人の不幸は蜜の味とでも言うのだろうか。

「だって、絵瑠さん、今日俺に会ったとき、なんとなく嬉しそうだったじゃん。それって、俺に会えるのをちょっと期待してたってことでしょ？　気が沈んでるときに、会いたいって思ってくれるのはちょっと嬉しい……。いや、かなり嬉しい」

絵瑠は啓の考え方にポカンと口を開けた。苛立ちは一瞬で消えてしまった。

「……」

あんぐりとしている絵瑠に向かって、啓は嬉しそうに続けた。

「これからどっか行こうか！　飲みでもいいし、カラオケとかダーツとかボウリングとか遊園地……は、開いてないか」

「……」

「あ、ドライブとかいいじゃん？　……この時間、レンタカーとかやってんのかな」

啓はポケットから携帯を取り出すと、タッチパネルに触れた。彼の顔を携帯の画面が明るく照らした瞬間だった。爽やかな香りが彼の鼻孔をくすぐった。なんと、絵瑠が、啓の胸元に頭を凭《もた》れさせてきたのだ。

「……絵瑠さん？」

啓は思わず携帯を固いアスファルトの上に落としてしまった。あんなに饒舌《じょうぜつ》だったのに、彼は瞬時に黙り込んだ。

「……嫌いだから」

「え……？」

不意に呟いた絵瑠の言葉に、啓はじっと耳を傾けた。

「カラオケ。覚えといて」

絵瑠はか細い声で、でもはっきりと言った。

「……はい」

啓は目を細め頷いた。

「あと、遊園地も好きじゃない」

「珍しいね」

微笑みを浮かべる啓に、絵瑠は続けて言った。

「あと……ちょっとだけ、このままでいさせて」

二人の横を、ヘッドライトを灯した車が何事もなく通り過ぎていく。啓はそっと空を見上げた。空には星が輝いていた。彼はゆっくりと目を閉じた。

「……このままでいていいよ。だから、今度デートするって約束してくれる？」

「……いいよ」

絵瑠の声が優しく響いた。

優しい月明かりの下、啓は絵瑠のことをそっと抱きしめた。絵瑠も、それにこたえるかのように、細い腕を彼の背中に回した。

「……ねぇ、ピクニックは？」

優しく尋ねる啓のその質問に、絵瑠はやっと顔を上げた。そして、フッと笑うと静かに呟いた。「……嫌いじゃない」と——。

二〇一一年五月十日　ＰＭ三時二分

その日、絵瑠の部屋には香ばしい匂いが部屋いっぱいに広がっていた。

「どう？　絵瑠！　ねえ、どう？　いい感じ？」

「ふふ。……はい！　でき上がり～！」

ミトンをはめた手で、絵瑠がオーブンから取り出したのは、ちょうどいい具合に焦げ目のついたホウレン草とベーコンのキッシュだった。

「うーわー！　超おいしそう！　さすが絵瑠先生！」

でき上がったそれを見て、アキがキャッキャッとはしゃいでみせた。シンクの上には、絵瑠が用意した前菜もいくつか並んでいる。フレッシュトマトのフリッジ（パスタ）にグリーンサラダ、ガスパチョ（冷製スープ）。どれも色合いが豊かでおいしそうだった。

「次からはちゃんと一人で作れるように頑張ってね」

「はーい、勉強しまーす」

アキが手を上げて、笑顔でそう言った。

今日、絵瑠は、彼女の自宅にてアキに料理を教えてあげている。アキが嬉しそうに返事をした直後、ピンポーンとインターホンの音が部屋に響いた。

「あれ？　何だろ。アキちゃん、ちょっと待っててね」

絵瑠はミトンをはめたまま玄関へ向かうと、ガチャリとドアを開けた。

「はーい……」

ドアを開けて、絵瑠は息をのみ込んだ。そこに立っていたのは、真一だった。

「そろそろできた？　お、いい匂い〜」

真一はくんくんと鼻を動かすと、家主である絵瑠の許可なんて全く気にせず、ひょうひょうと靴を脱いで堂々と彼女の部屋へ上がってきた。

「何やってんの？」

パチクリと目を丸めている絵瑠の質問をあっさりスルーして、真一は「はい、これお土産」と絵瑠に紙袋を押しつけてきた。

「マルピーギのバルサ(酢)五十年モノだよ。こっちがね、夏トリュフ。市場に出回ってない極上品」

ア然とする絵瑠にそう説明すると、真一はそのまま部屋の奥へと進んでいった。

絵瑠がポカンとしているところへ、アキの声がした。

「シンちゃん、本当に来たんだ。絵瑠、僕が言ったの、今日絵瑠んちで料理教室だって！」

「そうそう。さすが、アキ。……ああ、うまい！　あ〜、絵瑠の料理はやっぱおいしいなあ」

何かを摘み、真一はしみじみと言った。

「何言ってんのよ。毎日新妻が手料理作って待ってるくせに〜」

真一のわき腹を、アキが肘の辺りでチョンチョンと小突いている。

「まあね、伊達正宗《だてまさむね》の教えに従ってますよ」

真一は、また一つ……今度はトマトのフリッジだったが、それを摘みながら、真剣な顔をしてみせた。

「何よそれ？」

「朝夕の食事はうまからずとも褒めて食うべし。まあ、昔の武将も家ではいろいろと大変だったんだな……」

真顔でそんなことを言う真一に、アキはクスクス笑った。

「お気の毒さま」

「あ、そういえば聞いたよ、絵瑠。最近彼氏できたんだって？」

いつもの軽快なやりとりを見ていた絵瑠は、真一に突然そう振られて顔を強張《こわば》らせた。彼女は、その情報を彼にもらしたであろうアキを真一にばれないようこっそりと睨みつけた。アキは、絵瑠の視線を全く気にせず、嬉しそうに言った。

「いいじゃない、本当のことなんだから」

「ランジェリーデザイナーだっけ？」

真一がまた一つフリッジを口に放り込み、それから、いまだドアの傍に突っ立っている絵瑠のほうを振り返った。

「ジュエリーデザイナー！　てか、別に付き合ってないし」

絵瑠ははっきりした口調でそう返すと、すぐに真一から目をそらした。

「結構若いのよ。早く結婚しちゃえばいいのに！」

アキが、その話題を引っ張ろうとしているのが絵瑠にはよく分かった。アキは面白がってそうしているんじゃない。絵瑠のために、そうしていることが、彼女には痛いほどよく分かっていた。それでも、絵瑠はアキがそうすることをまだ素直に喜べなかった。絵瑠は恨めしそうな視線をアキに向けた。

「だから……」

言いかけた絵瑠の言葉を遮ったのは、真一だった。彼は、さも愉快そうに言った。

「絵瑠が結婚ってそれはないな。こいつ結婚願望全くないから」

「……」

絵瑠は、黙ったまま、アキから真一のほうに視線をずらした。真一は続けた。

「それにしても意外だよな。絵瑠は年上好きだと思ってた」

真一の口から出たセリフに絵瑠は、ドキリとした。

「何で……そう思うの？」

真一は一瞬だけ考えてから、それからすぐに答えた。

「……なんとなく」

ずっと好きだった真一にそう言われて、絵瑠の耳は熱くなった。

彼女は、小さく深呼吸をすると、アキと真一が立っているシンクの傍までスタスタと歩いていった。そして、平然とした顔で、料理の皿を手に取り、それをテーブルへ運び始めた。

「……まあ、年上よりは年下のほうがいいかもね。かわいいし、素直だし」

絵瑠はテーブルに皿を並べたあと、黒いブラジリアンソファーにどさっと腰をかけた。

「でも話合わなくない？　ひょうきん族とかドリフとか絶対見てないでしょ？」

優しく尋ねるアキに、絵瑠は間髪入れず返した。

「そんなことないよ。……ってか、それ、わたしも見てないから」

「うっそ！　わー、ショック！」

アキが両手で口元を覆った。

「そいつと絵瑠が話してるとこ見てみたいな」

真一が絵瑠の向かい側にゆっくりと腰を下ろしながら呟いた。

「……別に普通だよ」

絵瑠は皿のふちをそっと撫でながら、小さく答えた。

「ふーん」

真一は大袈裟にひやかすわけでもなく、かといって悔しそうにするわけでもなかった。絵瑠は真一から目をそらすと、自分で作った料理を摘みはじめたのだった。

＊＊＊

澄みきった青い空が広がっていた。薄い雲がゆったりと風に流れ、穏やかなときを作っていた。暑くもなく、寒くもなく、ピクニックにはもってこいのそんな過ごしやすいとある一日だった。

その日、絵瑠は啓と川原にデートに来ていた。そこは、東京郊外の渓谷の川原で都内だということが信じられないほどに豊かな自然がある場所だった。川は透明に透き通っていて、探せば魚を見つけることだってできそうだった。時折吹く風には、しっとりとした緑の香りが含まれていて、とても心地よかった。

「これ、全部啓が作ったの？」

シートの上に座って川の水面を眺めていた絵瑠は、啓が用意してくれたものを見て驚いた。お手製のサンドイッチ、フレッシュな果物、野菜サラダ……、次から次へ出てくる、出てくる。

「プロを前におこがましいですが」

水筒に入ったお茶をコップに注ぎながら、啓が少しだけ恥ずかしそうに言った。

絵瑠は目を細めると、「いただきます」と言って、早速サンドイッチに手を伸ばした。そして、それを頬張るとすぐ、彼女は目を丸めて啓のほうを向いた。

「プロシュート(生ハム)にスモークモッツァレラ？　やるじゃん！　今度真似させてもらうよ」

「よかった～」

啓は安堵の笑みを浮かべると、自分もサンドイッチを頬張り始めた。

二人の目の前を、川がさらさらと音をたててゆっくりと流れている。キラキラ光る水面に目を細めながら、絵瑠は尋ねた。

「……いいとこだね、ここ。よく来んの？」

尋ねる絵瑠に、啓は深く頷いて言った。

「うん、俺の一番大事な場所。ここはね、宝箱なんだ」

「宝箱？」

聞き返す絵瑠に、啓は優しく目を細めた。

「うん。ちょっと来て」

啓は食べかけのサンドイッチを一度置くと、絵瑠の手を引いて立ち上がった。彼は、絵瑠の手を引いたままゆっくりと川辺を歩き出した。川のせせらぎが二人を優しく包み込む。

「灯台下暗しって言うでしょ。いつも見ている目線だけが世界じゃないんだよ。ときにはね……。ほら……」

啓は、突然その場にしゃがみ込んだ。

「え？」

「お！　早速！　絵瑠さん、ちょっと待ってて！」

彼は、突然、川原を駆けていき、流れのすぐその傍まで行くとそこに座って石ころを一つ拾い上げた。そして、拾い上げるや否や、満面に笑みを浮かべて、手を伸ばし絵瑠にそれを見せてきた。

「メノウ！　これ磨いたらジュエリーになるよ！」

絵瑠は驚いてその褐色の石ころを見つめた。どこからどう見ても普通の石ころだ。それがジュエリーになるなんて、驚き以外の何ものでもなかった。啓はそれを手にしたまま、小走りで絵瑠のほうへ戻ってきた。そして、戻ってきたかと思うと、それを彼女の耳元で振り始めた。

「ほら、聞こえる？」

「……ちゃぷちゃぷいってる！」

顔を上げた絵瑠の目は驚きに満ちていた。啓は嬉しさでいっぱいの顔をして説明し始めた。

「水入りメノウっていうの。石ができる過程で水素と酸素を包み込んで水になった珍しい石なんだよ！」

「へぇ！」

彼は、感心している絵瑠の手のひらに、それを「はい」と乗せた。絵瑠は啓に手渡されたそれを、太陽のほうにゆっくりと掲げてみせた。光に照らすと、石はキラキラと眩い光を放った。

「何万年か何十万年か分からないけど、太古の昔の水が蒸発もしないでずーっとその中に閉じ込められているなんてロマンチックだよね〜」

啓は少年のように目を輝かせて言った。絵瑠は微笑み頷いた。

「あっ、そうだ……」

急に啓が胸ポケットからペンを取り出した。

「何？」

「ちょっと手貸してみて」

それだけ言うと、啓は絵瑠の左手を取り、そこにサラサラと何かを描き始めた。

「……こんなのはどうかな？」

絵瑠は啓が描いたそれを見て、またまた驚いた。絵瑠の薬指には、ハートの真ん中に石があしらわれた繊細な指輪のデザインが描かれていたのだ。

「……すごい」

絵瑠は思わず息をのんだ。

「気に入った？」

「……かわいすぎない？」

「俺の中の絵瑠さんのイメージなんだけどな」

絵瑠は再び、啓が描いてくれたそれをじっと見つめた。しばらく見つめたあと、絵瑠はゆっくりと顔を上げると、啓のことをじっと見つめた。

「……嬉しい。ありがとう」

啓はまっすぐな瞳で絵瑠のことを見つめ返してきた。これが、二人の初デートだった。

二〇一一年十二月二十二日　ＰＭ一時〇八分

日々はあっという間に過ぎ、気がつけばもうクリスマスがすぐ傍まで迫るころになっていた。その日、遅番だった絵瑠は、出勤までの空いた時間に、自宅のキッチンでターキーを焼くことに決めた。同じく遅番のアキに声をかけると、アキは喜びいさんでやってきた。そんなアキに便乗して、真一もやってきた。

絵瑠がオーブンを覗き込んでいる間、リビングでは、そのターキーの焼き上がりを待つ真一とアキが、何やら一冊の雑誌を一緒に見ながら、盛り上がっていた。

「凄かったもんね、やっぱこれ！」

「七時間って書いてあるよ」

「七時間もあったんだ、やっぱり……」

「そんなにあったか……」

「腰痛かったもん、最後のほうとか……。えー、なになに？　『出会いのきっかけは、二人の共通の趣味であるオペラです』……って、ふざけたこと言ってんじゃないわよ、ほんとうにおっかしいんだから～」

「『結婚とはお互いを尊重し合うことなんですよね』と真一さん……うーん、いいこと言うね～」

「陳腐ね。まるで偽善者が使うセリフだわ～。『私はマイセン、主人はウエッジウッドを少しずつ集めているんです』って、スカしたこと言ってんじゃないわよ、本当にもー」

真一とアキは、次から次へと爆笑を連発していた。絵瑠は、二人が何の雑誌を見ているんだろうと思いつつも、とりあえず料理のほうに集中していた。

「あ、アキちゃん」

「絵瑠、なーにー？」

「そろそろ焼けるよー。ソース作ろうー」

オーブンの中のターキーがちょうどいい頃合いになったので、絵瑠は盛り上がっている真っ只中のアキを呼んだ。

「了解ー。でも、ちょっと待って、これさ、ものすっごく面白いからさ絵瑠も見なって！　ほら、これ！」

「何、何？　さっきから大爆笑してるから、気になってて。何見てんのー？」

絵瑠はキッチンから出ると、二人の待つリビングへとやってきた。

「真ちゃんの結婚式が特集されてんの……はい」

アキはメガネを外して、目尻に浮かぶ涙を手でごしごし拭ってから、雑誌を絵瑠に渡してきた。

「……へぇ。どれどれ」

そこにはタキシード姿の真一の写真がでかでかと載っていた。絵瑠はほんの一瞬、自分の体が強張るのが分かったが、それは本当にほんの一瞬だけだった。

「うわ、これ人呼びすぎじゃない？　いったい何人いんの？」

尋ねる絵瑠に、真一は笑いながら答えた。

「千人。これでも結構減らしんたんだけど」

「ダルビッシュもいたわよ。なんかねー、男前だった」

「ほとんどが向こうの父親方。俺は会ったこともない奴らばっかりだよ」

雑誌に掲載されているのは、国内でも有数の若手企業家として誉れ高い真一らしい、セレブな式だった。

「……へぇ。あ！　これ奥さん？」

不意に、真一の写真と少し離れた場所にウエディングドレスをまとった美しい女性の写真があることに気がついた。それを見たとき、さすがに絵瑠の鼓動は少しだけ速まった。でも、それだけだった。まじまじと真一の奥さんの写真を見つめ、その横にある文字を読むことも、今の絵瑠には余裕でできた。

「綺麗な人だね」

「でもさでもさ、これはなくない？　これ！　ほら！　見てこれ！　まるで瀕死《ひんし》の白鳥よ、ほら！」

アキが絵瑠のすぐ隣に来て、嬉々としてページの隅のほうを指さした。アキの指さした写真を見て、絵瑠は思わず吹き出した。

「お前ら口悪いな〜」

盛り上がる二人の間に、真一が入ってきた。

「いや、でも、これ見てみなって、これ……ほら！」

アキは、再び雑誌を指さして、それから堪えきれず肩を揺らした。その写真を見た真一も、すぐさまぷっと吹き出した。

「言われてみれば、本当にそうだな……」

「でしょう？」

三人は、いい匂いが漂うリビングで、その後もしばらく盛り上がり続けた。そして、一通り、その特集を見たあとで、絵瑠は、アキと一緒にキッチンに戻ると、ターキーにつけるソースを作り始めた。二人がキッチンでゴソゴソし始めると、真一は退屈しのぎに雑誌をぱらぱらとめくっていたが、すぐに飽きたようで「煙草吸ってくる」と、煙草を片手にバルコニーへと出ていったのだった。

「……もう、随分ふっきれたみたいね」

ソースを作っている最中、ガラス一枚向こうで喫煙している真一を見ながら、アキが言った。

「何が？」

絵瑠は手を休めることをせず、淡々と聞き返した。

「……ふふ。分かってるくせに。やっぱりあの年下の子？」

アキは、声を潜めて聞いた。それを訊くアキのメガネの下にある小さな瞳は、優しさで溢れていた。

「……さあ、どうでしょう」

絵瑠はやはり手を止めず、わざとらしく首を傾げてみせた。ソースのいい匂いが漂い始めた。

「まあね、恋愛の傷は恋愛で癒すのが一番手っ取り早いって言うからね」

アキがピクピクと鼻を動かしながら、しみじみと言うと、絵瑠は手を止めてアキの顔をじっと見つめた。それから、また手元に視線を戻してから小さく頷いた。

「……まあね」

「でもね、ハマる前にちゃんと調べときなさいよ〜。借金はないかとか、他に女がいないかとか」

アキが大真面目に言った。絵瑠は、笑ってアキの心配を一蹴した。

「大丈夫。毎日何十通もメールしてくる奴が、ほかに女いたら逆に尊敬しちゃう」

絵瑠は誇り高い顔をしていた。アキはそんな絵瑠を見て、優しく微笑んだ。

「ねえ、それでさ、アキちゃん。明日、仕事までの間、彼のプレゼント選び手伝ってくれない？」

「うわ、何それ。ノロケ⁉　むかつく‼　……僕なんかね、メール全然返ってこないんだから〜」

「ええ？　もう？」

「そうよ。だから、チョ〜暇人。付き合ってあげるわよー」

二人はじっと顔を見合わせた。そして、同時に吹き出すと、肩を並べて一緒に笑い合ったのだった。

二〇一一年十二月二十三日　ＰＭ十一時十六分

クリスマスが差し迫っているだけあって、今日もレストランは大忙しだった。明日、明後日はさらに忙しくなるだろう。業務を終えた絵瑠は、肩をコキコキと鳴らしながら、ポケットから携帯を取り出した。画面にはメールの受信マークが表示されている。開くと、送信者の欄に『啓』と出てきた。それを見て、絵瑠はいつものように微笑を浮かべると、階段に座り込んだ。

『おつかれさま！　明日のランチの約束だけど、急な仕事が入っちゃって……。夜は空いてない？』

絵瑠はメールを見た途端、肩をすくめた。

あのピクニックデート以来、啓との距離はぐっと縮んだ。この半年間、何度もデートを重ねてきた。だけれど、「付き合おう」とかそういう決定的な言葉があったわけではない。クリスマスには何かが起こるかもしれない。こっ恥《ぱ》ずかしいけれど、絵瑠は心の隅でそれをちょっぴり期待していた。それなのに、イブのデートをドタキャンするなんて。

『空いてるわけないでしょ！　クリスマスイブは一年で一番の稼ぎ時なの！』

絵瑠は口をすぼめて、返信をした。それに対して、啓からすぐに返事がきた。今日も啓のレスポンスは早い。

『じゃあお店終わってから、会えないかな？』

絵瑠は、タッチパネルにそっと指を触れ、またすぐに返信メールを作り始めた。

『ムリ、何時になるかわからない』

そこまで作ってから、絵瑠はしばし止まった。

「……」

彼女は、突然、せっかく作ったメールを削除した。そして……。

『仕方ないな。明日は特別ね』

メールを打ちなおしたのだ。そして、そのメールを啓に送信した。絵瑠は満ち足りた表情をしていた。啓からも、またすぐに返事が来た。

『(*^_^*)』

絵瑠はそれを見た途端、思い切り目を細めた。明日はいよいよクリスマスイブ。明日の夜、啓と過ごす時間を思うと、絵瑠の胸は優しい気持ちでいっぱいになるのだった。

＊＊＊

「……髭《ひげ》剃りは？」

「色気なさすぎ」

「じゃ、テレビ」

「彼への初めてのクリスマスプレゼントが家電ってどうなの？」

「だって……実用的なほうがいいじゃん？　あんま高くないほうがいいし……彼、

お金持ってなさそうだしなー……、あ、プレステ！　プレステ欲しいって言ってた気がする！」

「母親か！」

イブの日、仕事までの時間、アキは約束通りショッピングに付き合ってくれていた。二人仲良く腕を組んで街を練り歩くも、啓に贈るプレゼントを一向に見つけられないでいた。

「……こういうの久しぶり過ぎて、何あげたらいいのか全く分かんないよ……。今時の二十四の子って何もらったら喜ぶわけ」

イルミネーション用の電球でおめかしされた並木通りを歩きながら、絵瑠はため息をこぼした。そんな絵瑠を見て、アキはニコニコと嬉しそうに笑った。

「じゃあね、男が悦《よろこ》ぶとっておき教えてあげる」

「なになに!?　教えてください！　師匠！」

「裸にリボン巻いて……ハイ、アタシをプレゼント〜！　なーんて！」

楽しそうに言うアキに、絵瑠はがっくりと肩を落とした。

「……バカでしょ。んなことしたらドン引きだよ」

口を尖らせる絵瑠に、アキは「オカマは本能のままなの」と堂々と言った。

「……生まれ変わったらオカマになるから。今日のとこは、二十八歳の恋に臆病なわたしを助けてよ〜」

いつもクールで颯爽としていて。絵瑠はいつだって、そんなイメージを持たれる女性だ。でも、今は違っていた。いつもの堂々とした彼女の姿はそこにはなく、一人の恋に臆病な女の子がいるだけだった。

「絵瑠……」

アキはそんな絵瑠の肩にそっと手を置くと、彼女の瞳をじっと見つめた。そして、毅然《きぜん》と言い放った。

「結局のところ男も女もオカマも一番大事なのは愛なのよ！　愛！」

「……」

絵瑠はアキを見上げた。アキの目は今日もいつもと変わらず、とても優しかった。

「そうだよね……。アキちゃん、ありがとう……。じゃあ、次のお店に……」

言い終わらないうちだった。絵瑠は自分の目を疑った。

絵瑠の視界に突然飛び込んできたのだ。今、絵瑠がプレゼントを選んでいる彼の姿が。そう、啓の姿が。しかも、啓は一人ではなかった。

華奢でかわいらしい女の子と一緒だったのだ。ふわっとしたボブヘアに、重ために作った前髪。色白でほんわかした、絵瑠とは正反対の雰囲気を持つ女の子だった。二人はお互いに年齢も近い感じで、とてもお似合いのカップルに見えた。

「……」

絵瑠は、回れ右をすると早足で歩き出した。

通りはカップルで溢れていた。冷たい木枯らしが彼らの傍を通り抜けていくが、彼らはちっとも寒くなさそうだ。

「ちょっと、絵瑠！　どうしたの！　ねえ、ちょっと！」

事態をのみ込めていないアキが、慌てて絵瑠のあとを追ってきたが、絵瑠はいくら呼ばれても立ち止まることができなかった。絵瑠の長い髪が、冷たい風に儚げになびいていた。

二〇一一年十二月二十四日　ＰＭ六時三十二分

「八番、チキンまだ⁉」

「すぐあがります！」

「もっとスピードあげて！」

クリスマスイブのディナータイム、厨房は当然のこと、いつも以上に忙しかった。絵瑠はその中で、今日も指示を飛ばし、皆よりひときわ大きな声を上げがむしゃらに働いていた。体を動かしていないと、余計なことばかり考えてしまう。それに、申し訳ないけれど、何が起こったのか心配するアキに事情を話す心のゆとりもまだなかった。だから、今日のこの忙しさは、無駄話をする隙が一時さえないこの忙しさは、絵瑠にとって正直ありがたかった。

『ごめん！　仕事長引いちゃって……。店終わるまでには絶対行くから』

ほんのわずかにとれた休憩時間のとき、食材庫でパンをかじっていた絵瑠は、ついつい携帯をチェックしてしまった。見ると、いつもと変わらず啓からメールが届いていた。

「仕事……ね」

食材庫はひんやりしていた。絵瑠は目を伏せ、携帯をギュッと握りしめた。長い睫毛が微かに揺れた。

「……」

それ以上、携帯を見る余裕はなかった。もちろん、返信なんてしなかった。彼女は無言のまま携帯をポケットに収めた。

その後も、彼女はただがむしゃらに動いた。レストランの客達は彼女の作る、繊細で、それなのにどこか大胆な印象を覚える美しい料理たちを満喫した。皆が皆、彼女の料理に幸せを覚えた。そうして、彼女とレストランのスタッフは、一年で一番忙しい日を大成功で終えたのだった。

閉店後、他のスタッフがイブを一緒に過ごす相手の元に急いで帰るのをよそに、絵瑠は今日も一番最後に店を出た。アキは絵瑠が話したくないというのを察したのだろう。「今日は急用があるから帰るわ。絵瑠、またいつでも話聞くから」と言って、早々にレストランをあとにしたのだった。

いつもの裏口には、いつもと同じようにワインの空箱が積んであった。けれど、そこにはいつもいるはずの啓の姿はなかった。風が強かった。絵瑠は乾燥で少し薄皮の剝《む》けた唇を、内側からギュッと噛みしめた。

「……うそつき」

小さく呟いた。その呟きを拾い上げる人は、どこにもいない。目頭が熱くなり、景色が滲んで見えた。絵瑠は静かに歩き出した。

「……」

途中——それは、かつて啓が絵瑠を背後から驚かしたあの場所だった……——一人歩いていた絵瑠は、足を止め、ゆっくりと後ろを振り返った。でも、絵瑠の視線に飛び込んできたのは、殺風景な景色だけ。啓の姿はどこにもなかった。

＊＊＊

そのまま家に帰るのはさすがに嫌だった。皆が最高に幸せなイブの日に、自分だけ一人ベッドで涙を流すなんて、そんなの惨めすぎる。自分の部屋に戻れば、携帯を何度もチェックしてしまうことも分かっていた。そして、たくさん入ってくるであろう啓のメールに、着信に心を震わせてその都度苦しくなるということも容易に想像できた。そんなの、さらさらごめんだ。

絵瑠は、帰り道にあるビル地下のバーに寄ることにした。バーは、最近ビルに入ったばかりで、彼女はまだ一度もそこに行ったことがなかった。おいしいのかおいしくないのか、流行っているのか流行っていないのか、何も知らない。

でも、今は、馴染みの店より、自分のことを知らない人ばかりいる場所へ行きたかった。そういう場所ならどこでもよかった。

地下に続く階段を下りて扉を開けた。中は、まあまあ賑わっていた。カップルもいれば、テーブルを囲んでクリスマスパーティーをしているグループ客もいくつかあった。絵瑠はカウンター席の端に座ると、すぐさまバーテンダーにマティーニを頼んだ。アルコールの高めのお酒で、できるだけ早く酔っぱらいたかった。

「一杯奢らせてよ」

カウンターに座り、一人でマティーニを飲んでいると、見知らぬ男が背後から、馴れ馴れしく絵瑠の肩に手を置いて話しかけてきた。

「結構です」

絵瑠は顔も見ずに即答したが、直後、考え直し振り返った。

「じゃあ一杯だけ」

見るからに遊んでいそうな男だった。目にかかりそうなほどに伸ばした長い前髪がまるでホストのようだ。男はしまりのない顔で笑うと絵瑠の隣に腰を下ろしてきた。

「バーテン、同じものを彼女に。ねえ、君、恋人は？　こんな美人がイブに一人でどうしたの？」

見ず知らずのその男は、全く遠慮することなく絵瑠の心にズカズカと踏み込んでくる。

「さあね。向こうが嘘つきで薄情か、わたしが嫉妬深くて悲観的なのかどっちかでしょ」

絵瑠があっさり返すと、その男は同情するといわんばかりに大袈裟に肩をすくめてみせた。でも、その顔はかなり嬉しそうだった。

「彼氏に浮気されたんだね。君がそんな悲観的になることないって……」

男は絵瑠の腰にそっと手を回し、耳元で囁いた。

「ねえ、そんなやつさっさと捨てちゃえよ」

息がねっとりしていて気持ち悪い。絵瑠は浮かない表情でため息を吐いた。でも、家で一人でいるよりはましだと思い直し、どうでもいいその男とどうでもいい話を続けたのだった。

でも、一時間もたなかった。

男とにこやかに話すものの、そうすればするほどに絵瑠の心には空しさが広がっていったのだ。家で一人でいても、知らない場所で大勢といても、誰かに口説かれていても、結局は空しいのだ。それに気がついた絵瑠は、帰ることに決めた。帰って、ベッドで死んだように寝てしまおうと思った。そうしているうちに、イブの夜は去り、あっという間にクリスマスも終わってしまうだろう。

男は、しつこく絵瑠を引き止めたが、絵瑠はそれを適当にかわして、帰り支度を始めた。男が「タクシーで送るよ。それならいいでしょ?」と何度も言ってくるので、もうどうでもよくなって、絵瑠はその申し出を受けたのだった。

＊＊＊

「ありがとう。おやすみなさい」

寒空の下タクシーから降りるや否や、絵瑠は男に向かって笑顔で言った。男はもちろん自分も、絵瑠に次いでタクシーを降りようとした。図々しくも絵瑠の部屋へ上がるつもりだったのだろう。でも、絵瑠は男を適当にあしらって、それをどうにか阻止して、タクシーのドアを閉めて歩き出した。

刺すような寒さだった。耳も鼻の先もジンジンする。自分の部屋の前まで来て、絵瑠は息をのみ込んだ。

「……誰、あいつ」

部屋の前に立っていたのは、啓だった。いつから待っていたのか、鼻も耳も真っ赤だった。

「……関係ないでしょ」

絵瑠は、啓の横をすり抜けると、部屋の鍵を開け始めた。

「関係あるよ。何してたの？」

啓の声には明らかに苛立ちの色が見えた。

絵瑠は、キュッと唇を噛むと、振り返り言った。

「……勘違いしないでくれる？　ってか、わたしたち別に付き合ってるわけじゃないし」

冷めた瞳ではっきりと言う絵瑠のその言葉に、啓は眉間に皺を寄せ黙り込んだ。

絵瑠は、震える声で言った。

「もう帰って」

ガチャリと音をたて鍵が開いた。絵瑠はドアノブに手をかけた。ドアノブはいつもに増してひやりと冷たかった。

「……ちょっと遅くなったぐらいでなんだよ。なんでそんなに怒ってるわけ？　大体、絵瑠さんってそんな簡単に男に家まで送らせちゃう人なの？」

啓はげんなりとした口調で言った。絵瑠は、もう一度振り返ると、精いっぱいの笑みを浮かべて言った。

「啓に言われたくないな。お似合いだったよ。青山で女の子とデレデレしちゃってさ」

そのとき、啓の目に動揺の色が浮かぶのを絵瑠は見逃さなかった。

「……！　それは……」

絵瑠は、言いかけた啓の言葉を遮った。

「やめてよ！　言い訳なんて聞きたくないし。わたしたち、ただの友だちでしょう」

「ただの友だちって…。だったらなんで怒るんだよ！　ただの友だちなんだろう！」

啓は絵瑠の肩に手を置き、絵瑠のことをじっと見た。

「別に怒ってないし！　もういいかげん帰ってよ！」

絵瑠は啓の手を振り払うと、再び彼に背を向けた。

「ちょっと絵瑠さん！」

「迷惑なの！」

絵瑠は彼に背を向けたまま叫んだ。そして、ドアをあけ自分だけ中に入ると勢いに任せてドアを閉めた。そして、ドアを閉めるや否や、彼女はその場にうずくまった。

こんなはずじゃなかった。どうしていつだって自分はこんなにもかわいくないんだろう。

「……絵瑠さん。嘘ついたこと謝るよ。でもあいつは本当にただの古い友達で。今日はあいつがすげー落ち込んでたから、だから一日付き添ってやってただけなんだよ……」

ドアの向こうから啓の声が響く。

「ああ、もう、俺バカだからうまいこと言えないけど……、バカなりに分かることがあるよ。俺、絵瑠さんのこと好きだから！　すげー好きだから！」

彼が必死なのが絵瑠には痛いほどよく分かった。

「本当は泣き虫なくせに突っ張ってるとこも、がむしゃらに一生懸命頑張ってボロボロになってるとこも、全部ひっくるめて大好きだから！」

目頭が熱くなる。でも、絵瑠は涙を必死に堪えた。

「俺、絵瑠さんを笑顔にするためだったらなんだってするよ……。絵瑠さんに似合う男になれるように頑張る。……だから、傍で見ててよ！」

絵瑠は肩を震わせながら思った。今日、ショッピングに行かなければよかった。啓が他の女の子と遊んでいるのを見なければよかった。そうであったら、この言葉がどんなに嬉しかっただろう。でも、絵瑠は見てしまったのだ。もう、なかったことにはできない。

「……そうやって啓は、いつも……。人の心にずかずか土足で踏み込んできて……、いい加減気付いてよ！　迷惑なんだってば！」

「……」

「……お願いだから、これ以上、わたしの心を掻き乱さないで」

絵瑠は声にならない声で言った。もう涙腺は崩壊寸前だ。ギリギリだった。これ以上傷つきたくない。その気持ちが絵瑠を追い込んだ。

「……わかった」

しばらくして、ドアの向こうから、今にも消え入りそうな声がした。

「……」

直後、啓が歩き始めた音が絵瑠の耳に届いた。

コツン……、コツン……、コツン……。

啓の足音が徐々に小さくなっていくことが、絵瑠はたまらなかった。

「……待って！」

絵瑠はドアを開けた。でも、絵瑠がそうしたときにはもう啓の姿はどこにも見当たらなかった。

「……啓」

やるせなく肩をすくめる絵瑠の視界に、不意にあるものが飛び込んだ。

リボンがかけられた小箱だった。絵瑠は慌てて、拾い上げると、すぐさまリボンをほどき、箱を開けた。

「これ……」

中に入っていたのは繊細で美しいデザインの指輪だった。絵瑠は息をのみ込み、それをじっと見つめた。ハートの真ん中に、メノウが控えめに光っている。

「……」

限界だった。涙がとめどなく溢れはじめた。一粒、二粒、次々に頬を転がり落ちていく。絵瑠は指輪をギュッと握りしめた。けれど、聖なるこの夜に、優しい微笑みを浮かべて、絵瑠に指輪をはめてくれる愛しい人はもうここにはいないのだった。

二〇一一年十二月二十九日　AM十時〇五分

今年も残すところ、あと三日。レストランは今日から休みに入る。レストラン自体は休みだが、今日は、大掃除の日で従業員総出だ。絵瑠も例外ではなく、彼女は厨房で鍋を磨いていた。けれど、目は虚ろだし、鍋を磨く手にもまるで力が入っていなかった。

「ご苦労さまでーす。ご苦労さまでーす。……絵瑠、ねぇ、これ見て！　真ちゃんの記事。嫁父の会社と合併するんだって」

すれ違うシェフに挨拶をしながら、厨房までやってきたのはアキだった。アキの手には新聞があり、そこには『海外食品の輸入専門の貿易会社T＆B、丸藤グループと経営統合』の見出しと共に、真一の写真がでかでかと載っていた。

「……ああ、見た、それ。大丈夫かね、真一」

絵瑠は力なく鍋を磨く手を止めた。

「大丈夫でしょう。実質、シンちゃんの天下なんでしょ」

「……いや、そういうことじゃなくて。真一の性格的に」

少し心配そうな面持ちの絵瑠に、アキはコホンと咳払いしてから言った。

「人のこと心配してないで、自分のこと心配しなさいよ。あれから彼氏とはどうなったの？　なーんにも言わないんだから」

「……だから、彼氏じゃないってば」

絵瑠は新聞をカウンターに置くと、再び視線を鍋に戻した。銀色の鍋に、自分の顔が醜く映っている。

「まーたそんなこと言ってる！　あんた料理はうまいのに、恋愛テクニックは下の下ね」

アキが冷たく言い放つと、絵瑠は鍋に映った自分を見つめたまま黙り込んだ。彼女は、しばらくしてから、ポツリと呟いた。

「……うん。わたしってつくづく嫌な女」

「わかってるわよ。意地っ張りで弱虫で、その上プライドの高い手のかかる女」

アキが畳みかけるように言った。

「……何もそこまで言わなくても」

絵瑠は顔を上げ、アキのほうを向いた。

「だってそうじゃない。一丁前に自立した顔してるけど、目の前にあるシンプルな問題ですらまともに一人で解決できやしないじゃない」

アキは絵瑠のことをよく見ている。よく見ているからこそ、痛いところを突ける。絵瑠は、再び俯いた。

「そのまま意地張ってると、誰も居なくなっちゃうわよ」

それだけ言い残してその場を去ろうとするアキの背中に、絵瑠は今にも泣きそうな声で言った。

「アキちゃんのバカ！」

アキは、振り返った。

そして、ふっと笑ったかと思うと、急にとても優しい口調で言った。

「絵瑠、ヴィグレットソース（フレンチドレッシング）みたいなもんよ。問題はいたってシンプルなの。だけど、シンプルは決してイージーじゃない」

「……」

「いい加減、素直になんなさい」

アキは付け加えて言うと、絵瑠の肩をポンッと叩き、自分の持ってきた新聞を手に持ち場へと戻っていった。イブの日から何も聞かないでくれたアキ。きっと、本当はすごく心配してくれていたんだろう。アキの言葉が胸にじんわりと染みていくのが、絵瑠にはよく分かった。

＊＊＊

アキからアドバイスをもらった絵瑠は、その日、家に帰って啓に電話をしようとした。でも、できなかった。次の日、電話が無理ならばメールだと思った。でも、やっぱりできなかった。そして、そのまた次の日――大晦日――絵瑠は今日も携帯を手にしていた。

なんとはなしにつけているTVからは笑い声が響いている。年の瀬で、お笑い番組が次から次へ流れていた。けれど、絵瑠はちっとも笑えなかった。絵瑠の頭の中は啓のことでいっぱいだった。今日こそ、啓に連絡をしよう。絵瑠は、今日も啓の番号を探した。

「……」

でも。やはり、無理だった。今日も、通話ボタンを押すことができなかった。問題はいたってシンプル、でもイージーじゃない。アキの言ってくれた言葉が脳裏をよぎる。イージーじゃないから、自分が頑張るより他ない。このままでは、何も解決しないままに年が変わってしまう。

「……」

そう、このままじゃ、何も変わらない。

絵瑠はおもむろに立ち上がった。そして、彼女は鬼気迫る顔で玄関に向かった。コートを着もせず、そのままブーツを履くと外へと出ていった。

彼女は決めたのだ。絶対にこの問題を解決しようと。

ノースリーブのワンピースに、薄手のニットを羽織っているだけだった。真冬に外出する格好にしては寒すぎた。けれど、不思議と寒さを感じなかった。

絵瑠は、街路樹のイルミネーションが輝く道を一人静かに歩いた。向かう先は、啓の仕事場のジュエリー工房だった。


「……え？　田舎《いなか》に帰った……？」

意気込んでジュエリー工房を訪ねたはいいが、啓の姿はそこにはなかった。そこにいたのは、啓の話によく出てきた、シュウという先輩だった。啓の先輩であるシュウはポカンとしている絵瑠に続けて説明した。

「ええ。先週からあいつ、なんかものすごい鬱《うつ》になってて。それで今朝来たら……」

「……！」

みるみるうちに絵瑠の顔色は悪くなった。彼女はシュウの話が終わらないうちに、彼にくるりと背を向けたかと思うと、突然走り出した。

「えっ！　ちょっと！」

シュウが呼びとめたが、絵瑠は振り返ることなく走り続けた。

「……」

絵瑠は走った。走って、走って、走って……。ただひたすらに、脇目も振らず、走り続けた。あの日、クリスマスイブの日、扉の向こうで一生懸命弁明していた啓。必死だったのに、それを拒否したことを絵瑠は、今、猛烈に後悔した。あの日の啓の姿が、絵瑠の中に蘇る。絵瑠の目から涙がこぼれ始めた。次から次へと溢れ、彼女の頬を濡らした。涙を拭う時間なんてなかった。彼女は、ただただ走り続けた。

絵瑠が啓の住むアパートに着いたときには、彼女の息は上がり、足はもうガクガクだった。それでも、絵瑠は乱れた呼吸を必死で整えながら、啓の住む部屋の窓を見上げた。古いアパートにサッシの窓。「絵瑠さん！　今度、俺の部屋来てよ。ぼろいけどね」と、啓はよく誘ってくれたけど、まだ一度も上がったことはなかった。

「あ……」

窓の向こうに一瞬人影が見えた。啓がまだいる。それだけで、号泣しそうだった。

「……啓！　聞こえる？　啓‼」

絵瑠は出せる限りの声を出した。厨房で声を張り上げているときより、ずっとずっと大きな声が辺りに響いた。

「……絵瑠さん……⁉　どうしたの？」

ガラリ。窓はすぐに開いた。そこに立つのは、驚きの表情に満ちた啓だった。彼の顔を見た瞬間、絵瑠の目からは再び涙が溢れ出した。

「啓……！　行かないで！　わたし、啓のこと大好きだから……。だから、ずっと傍にいてよ！」

「……絵瑠さん」

啓は息をのみ込んだ。

「……わたしね、心の中でだんだん啓のことが大きくなっていくのが分かって、怖かったの。また好きになって傷ついたらどうしようって」

「絵瑠さん……」

絵瑠は、ようやく涙を拭った。そして、一呼吸置いてから、彼のことをじっと見つめると続けた。

「でも、もう逃げないから。啓のこと大好きだから……だから啓も田舎に帰るなんて言わないで！」

言い終えたあと、また涙がぶわっと溢れた。もう涙腺が壊れてどうにもならない。

「……田舎？」

涙を流しながらも、じっと見上げる絵瑠に、啓はキョトンとした顔を向けた。

「そうだよ。啓、田舎に帰るって……！　……田舎は？」

「……ああ。今朝行って、今帰ってきたところ」

絵瑠は一瞬何が何だか分からなくなった。

「……啓の田舎ってどこ？」

ポカンと尋ねる絵瑠に、啓は後頭部をポリポリ掻きながら答えた。

「えっと、埼玉……」

絵瑠は目を丸め、叫んだ。

「埼玉⁉　信じらんない！　すぐそこじゃん」

「うん……」

「……埼玉……サイタマって……」

あまりに拍子抜けで、絵瑠は思わず地面にへたりこんでしまった。

「絵瑠さん！　大丈夫⁉」

心配した啓が、窓から身を乗り出した次の瞬間。

「わっ……！」

なんと彼は、窓から転がり落ちてしまったのだ。

「！」

絵瑠は叫び声と激しい音に驚いて顔を上げた。

「……いてて。二階でよかったぁ。えへへ」

啓は腰をさすりながら、笑って起きあがると、よろよろと絵瑠のほうへ近づいてきた。漫画みたいなその展開に、絵瑠の涙は引っ込んでしまった。

「だ、大丈夫？」

オロオロして尋ねる絵瑠に、啓はにっこり微笑んでみせた。啓の並びのいい白い歯が愛おしくてたまらない。

「……えへへ。絵瑠さん、ありがとう。俺、頑張るよ」

それだけ言うと、啓は絵瑠のことをギュウッと抱きしめた。啓の匂いが絵瑠の鼻をくすぐる。まるでふわふわの毛布に巻かれているみたいだ。心地よくて、幸せで……。二人は、真冬の空の下じっと見つめ合った。

「……あ、そうだ」

絵瑠はカーディガンのポケットをゴソゴソ探ったかと思うと、大切そうに何かを取り出した。

「これ、つけてよ」

パッと開いた手の中に収まっていたのは、指輪だった。啓が絵瑠のためにデザインして、作ったあの指輪だった。

「うん」

啓は目を細めたまま頷くと、絵瑠の手のひらからそっとそれを拾い上げた。

「……」

啓は冷え切った絵瑠の左手を手にすると、薬指にゆっくりと指輪をはめた。指輪は絵瑠の指にぴったりはまり、淡い光を放った。

「……綺麗。ありがとう。すごい嬉しい」

絵瑠は、自分の指に収まった指輪をじっと眺め、素直に言った。啓は、「うん」と小さく頷いて、それから照れくさそうに、指先で鼻の下をこすった。

「……あのさ、俺も絵瑠さんが好きだよ」

「うん、知ってるよ」

絵瑠が啓の目を見つめて、優しく言うと、啓はにっこり笑ってみせた。

「だからさ、絵瑠さん……、さっきのもっかい言って?」

「はぁ? 言うわけないでしょ」

「え〜、もう、お願い！ もう一回だけ〜！ ねっ！ あ……、痛い。いたたたた。あ、これ、骨折れちゃったかな〜……。絵瑠さんがもう一回言ってくれたら治ると思うんだけどなぁ」

啓はわざとらしくあばらをおさえると、いたずらな瞳を浮かべ、絵瑠のことをちらりと見た。

「もー、しょうがないな……」

絵瑠は、不意に背伸びして、啓に顔を近づけた。絵瑠の唇が、啓の唇にそっと触れた。二人の間に、今はもう、言葉なんて必要なかった。今度は啓のほうが、絵瑠にキスをした。二人は、強く抱き合ったまま、いつまでもキスを繰り返した。遠くのほうでは、除夜の鐘の音が響いている。新しい年がくる。新しい年が——。

二〇一二年一月一日　AM〇〇時〇〇分

＊＊＊

二〇一二年三月一九日　AM九時四六分

プライベートがうまくいくと、仕事もうまくいくものだったりする。絵瑠と啓が正真正銘の恋人になってからもうすぐ三か月が経とうとしていた。ある朝、絵瑠はいつもと同じように、職場の扉を開けた。まだ開店前であったが、ある人物に呼び出されたのだ。それは、絵瑠の働く店のオーナーである柏崎だった。絵瑠が扉を開けたとき、柏崎は、店のグラスを一つ一つ丁寧に磨いているところだった。

「おはようございます。オーナー、何ですか？ 直々に」

ほがらかに尋ねる絵瑠に、オーナーの柏崎はニコニコ笑って「うん」と頷いてみせた。

「あ、あのミキサーの件、検討してくれました？ やっぱどうも歯の調子が悪いみたいで……」

絵瑠は、なんの用事だろうと思いつつも、いつもと変わらない態度で柏崎に接した。

「ああ……」

柏崎は微笑を浮かべつつもその質問には答えず、新たな質問を絵瑠にぶつけた。

「そんなことより絵瑠はうちの店に来てどのくらいになる？」

柏崎の唐突な質問に、絵瑠は一体なんだろうと首を傾げながらも、ちゃんと答えた。

「……えーと、七、八年ですけど」

「七、八年か……」

柏崎はしみじみと呟いたあと、やっと本題を切り出した。

「実は今度な、丸の内に新店を出すことになってな、その店を絵瑠に任せようと思ってんだ」

「……」

絵瑠は、言葉を失い柏崎を見上げた。

「ミキサーがどうしたって？」

柏崎が笑って尋ねた。

店を任されるのは、絵瑠の見習いのときからの目標だった。目標と言っても、それはそう簡単に実現できることではなく、もはや夢や理想というレベルだった。

まさか、こんなに早く叶う日が来るなんて、絵瑠にはまるで信じられなかった。

でも、オーナーである柏崎が言っているのだ。間違いなく、叶うのだ。

「よく頑張ってくれたな。次の店では思う存分、絵瑠の色を出してもらっていいから」

柏崎が思い切り目を細めた。

――新しい店……、わたしの色……――

絵瑠の口からはまだ喜びの言葉が何一つ飛び出してこなかった。本当に恋焦がれたものが手に入ったとき、人は喜ぶよりも先に驚くものなのかもしれない。

「頑張れよ！」

柏崎がしっかりと絵瑠の肩を叩いた。

「……は、はい！」

絵瑠はそこでようやく実感が湧き、満面に笑みを浮かべたのだった。

＊＊

その日、早番だった絵瑠は、仕事が終わると、同じく早番だったアキを部屋に招いた。今日は夜、啓と会う約束をしているが、まだ約束まで随分と時間があった。

彼女はキッチンで嬉しそうに料理の下ごしらえをしながら、今日オーナーから伝えられたことをアキに話した。

「えっ！ それ本当⁉ きー！ やったじゃない！ 絵瑠を抜擢《ばってき》するなんて、うちのオーナーも捨てたもんじゃないわね。で、店のコンセプトはどうする？ 早速、僕もそっちに異動させてもらわなきゃ～」

アキは大興奮だった。

「ちょっとアキちゃん、気が早すぎ」

笑って言う絵瑠に、アキは立ち上がり言った。

「何バカなこと言ってんのよ！　こういうのは早いに越したことはないの。あ、そうだ。シンちゃんにも連絡しとかなきゃ……。あ、そうだ……、シンちゃんの話聞いた？」

絵瑠はフライパンで炒めものをしながら、笑顔のまま頷いた。

「合併蹴ったって話でしょう？」

絵瑠の返答を聞いて、アキは思い切り眉間に皺を寄せた。

「いつの話してんのよ！……シンちゃんの会社が危ないって話よ」

「え？　……冗談でしょ？　だって業績好調みたいじゃん」

絵瑠はフライパンから目を離すと、アキのほうを見た。アキはすぐさま肩をすくめると、首を横に振った。それから言いづらそうに言った。

「週末にフランスの取引先が不渡り出して、それで、もろに巻き添え食らっちゃったみたいで……」

「えっ……」

絵瑠は思わず口を押さえた。信じられなかった。東大を出て、ハーバードでMBAを取得して、今では国内でも有数の若手企業家として知られる真一だ。仕事もプライベートもいつだって充実している彼の辞書に失敗なんて言葉はないはずだった。それなのに。

「絵瑠……」

アキが心配そうに言った。

「……ああ、ごめん……」

「大丈夫よ。ほら、絵瑠、味見させてちょうだいよ。僕、お腹ぺっこぺこなんだから」

「え、あ。う、うん……」

それから、絵瑠は作った料理をアキと一緒につついたが、全く味が分からなかった。アキが帰って、啓を待っている間も、ただただ真一のことが心配でたまらなかった。あまりに心配だったので、絵瑠は何度か真一の携帯を鳴らした。でも、そのたびに留守電になってしまい、彼と話すことはできなかった。

＊＊＊

夜になり、絵瑠の部屋を訪れた啓は、テーブルに並んだ色とりどりの御馳走《ごちそう》に目を丸めた。子羊の香草焼きに、ニソワーズ（ニース風）サラダ、グリーンピースのスープに、魚介類のグレープフルーツカクテル、イチゴのタルトもあるし、オペラ（チョコレートとコーヒーのケーキ）も並んでいる。

「すごいね！　何かのお祝い？」

絵瑠は、とりあえず今は、真一のことを気にしないことに決めた。

無邪気に尋ねる啓に、彼女は少し照れながら言った。

「ちょっと作りすぎちゃったかな。……啓、実はね、今日……」

オーナーの柏崎から、新しい店に抜擢されたことを啓に伝えようとした、そのときだ。啓の携帯が鳴り出した。絵瑠は、言いかけた言葉をのみ込むと、啓の携帯を手に取り、啓に手渡した。

「……鳴ってるよ」

「あ、ありがとう。ちょっと待ってね。……もしもし？　……はい、そうですけど……。えっ⁉　本当ですか⁉」

最初は何気なく電話に出たようだったが、途中から、啓の表情も声も驚きで満ちはじめた。それどころか、啓は、突然その場に正座してピンッと姿勢を正し、かしこまった。

「はい……、はい……はい。……あ、じゃあまた確認して連絡します。……はい、失礼します」

一体誰と話しているのだろう。絵瑠はワインの用意をしながらも、気になって気になって仕方なかった。

「どうしたの？」

啓が電話を切ると、絵瑠は、できるだけあっさりと尋ねてみせた。

「……」

啓はいまだ正座をしたままで、ぽーっと一点を見つめていた。

「……啓？」

絵瑠はキョトンとして、放心状態になっている啓の顔を覗き込んだ。

「……絵瑠さんどうしよう、俺……世界一になっちゃった」

啓が上の空のまま呟いた。

「……ん？」

「イギリスのジュエリーデザインコンテスト……、それでグランプリ獲ったって！」

不意に啓が立ち上がった。今日の絵瑠がそうであったように、啓も今、やっと実感が湧いてきたのだろう。彼は明らかに興奮していた。

「……すごい！　すごいじゃん！　おめでとう」

もちろん絵瑠も驚いた。そして、喜んだ。自分の夢と、愛しい人の夢が同じ日に叶うことになるなんて。奇跡としか言いようがない。今度は、自分の番だ。啓に自分の夢が叶った話をして、それで、御馳走を食べながら、一緒に喜びあおう。そう思ったのも束の間だった。絵瑠が自分のことを話すより先に、啓が深刻な表情を浮かべ言ったのだ。

「絵瑠さん、ありがとう……。あの、グランプリ獲ると向こうで修業させてもらえるらしいんだけど……」

「……へぇ。……どのくらい？」

絵瑠が訊くと、啓は目を伏せた。

「……何年かな。ちょっとわかんない」

それを聞いて、絵瑠は一瞬言葉を失った。が、慌てて、明るい顔を作ると啓の背中をポンッと軽く叩いた。

「すごいじゃん！」

「絵瑠さん」

「でもよかった。まだ付き合い始めたばっかりだし。ほら傷は浅いほうがいいでしょう……。ほら、食べよう。冷めちゃう」

絵瑠が努めて明るく振舞いながら、背を向けた瞬間だった。背後から啓が絵瑠のことをしっかりと抱きしめたのだ。

「……」

黙り込む絵瑠に啓はそっと囁いた。

「……一緒に行こうよ……。絵瑠さんのおかげだもん。俺、絵瑠さんに近づきたかったから頑張れたんだ。だから……」

「……」

「イギリス……一緒に行って下さい」

まさか、だった。啓がこんなふうに言ってくれるなんて思いもしなかった。啓の腕からしっかりと温もりが伝わってくる。愛しい彼の温もりだ。でも——。絵瑠はどうしても困惑を隠しきれなかった。

二〇一二年三月二三日　PM十一時二十四分

その日、絵瑠は、高層ビルに入っているとあるオフィスを訪れた。いや、正確には元オフィスだ。アキに真一の会社が危ないと聞いた数日後、真一の会社は本当に倒産してしまったのだった。二重の自動扉を抜け、真一の元オフィスに入った絵瑠は、以前訪ねたときと比べて空間のあまりの変わりようにショックを受けた。

「絵瑠、なんだよ、なんだよ。そんな顔するなよ」

誰もいないがらんどうになったオフィスで一人片付けをしていた真一は、いつもの調子で絵瑠に言った。

「……だって。本当に何もなくなっちゃったんだ」

「そう。あっけないもんよ」

ショックを受けている絵瑠とは対照的で、真一はかなりあっけらかんとしていた。強がってそうしているようには全く見えなかった。

「……首吊ってたらどうしようかと思った」

いつもと変わらない真一に少しホッとした絵瑠は、そんなことを言ってのけた。

「すべてを失っても、絵瑠の顔見るまでは死ねないぜ」

真一がニヤッとほくそえんでみせる。それを見て絵瑠は、ますます安堵した。

「相変わらずで安心しました。……で、奥さんは大丈夫？」

訊くと、真一は少しだけやるせない顔になった。

「あいつは……すぐに出てったよ。ま、それが賢明だわな」

そう言うと、彼はまた作業に戻り、段ボール箱にわずかに残った荷物を入れ始めた。

絵瑠は窓辺にストンと腰を下ろすと、真一のことをじっと見つめた。

「……真一、一人で寂しくない？　たまには話し相手になってあげてもいいけど」

最後のほうはおどけて言った。すると、真一は顔を上げ、また笑みを浮かべた。

「ご心配頂かなくても俺にだってね、大事な人ぐらいいますよ」

「もう⁉　さっすが……」

これには絵瑠も本当に驚いた。ア然とする絵瑠に、真一は慌てて返した。

「いやいやいや、そーいうんじゃなくて。……うーん。柄にもなくさ、今度こそは大事にしてあげたいなって思ってるんだよね」

絵瑠はますます目を丸めた。真一の口からそんなことを聞く日がくるなんて、思いもしなかった。

「……そうなんだ。真一は釣った魚には餌《えさ》をやらない主義だと思ってた」

皮肉めいて言うと真一はすかさず返した。

「やめてくれる？　業務妨害です」

そう言う真一の顔は、とても楽しそうに見えた。それから、真一はふっと真顔になり言った。

「……俺のことより、絵瑠は？　いよいよ新しい店任されるんだって？　誇りに思うよ。俺の目に狂いはなかった」

それを聞いた絵瑠はひょいっと床に下りると、うーんと思いっきり伸びをした。

「……それなんだけどさ……。実は迷ってるんだよね」

絵瑠の言葉に、真一は作業の手を止め、目をパチクリさせた。真一も、昔から絵瑠の夢を知っていた。ずっと応援してきた一人だ。絵瑠が迷うなんて、まるで解せなかった。

「どうして？」

絵瑠は広いオフィスをゆっくりと歩きはじめた。

「彼がイギリスで働くことになって……」

真一はあんぐりと口を開けた。

「それって例の年下の彼氏？　……嘘だろ？　ついていくの？」

絵瑠はくるりと振り返った。真一は相変わらず、驚きを隠せないでいた。

「……それもいいかなって。ちょっと前までは喉から手が出るほど欲しかったものなのに、今はそれよりも目の前の大切な人を失いたくないなって思っちゃってる自分がいるんだよね」

真一は何も言わず、じっと黙っていた。絵瑠は続けた。

「まあ、もちろんいい機会だし。あっちでも働こうと思ってる」

「……絵瑠はそれでいいわけ？」

真一が絵瑠の目をじっと見て尋ねてきた。絵瑠は真っ直ぐなその視線からそっと目をそらした。そのとき、突然、真一のシャツの胸ポケットから携帯の着信音が鳴り響いたのだ。真一は携帯を取り出すと、画面を見た。

「出なよ」

「……悪い。……はい、もしもし？……はい……はい……えっ！　わかりました。すぐに向かいます！」

電話で話しているうちに、真一の顔に珍しく動揺の色が浮かんだ。もしかしたら、生まれて初めての動揺なのかもしれない。そんな真一を見るのは、絵瑠にとって初めてのことだった。

「どうしたの……？」

「ごめん。よくわからないんだけど、彼女が倒れたらしいんだよ。こんなときに悪いんだけど……」

真一らしくない慌てた口調に、絵瑠は全てを察した。そして、真一は、本当に今の彼女を愛しているんだと心から理解した。

「いいから、いいから。早く行ってあげなよ！」

「……ごめん」

申し訳なさそうにする真一に、絵瑠はぶんぶんと首を横に振った。

「ううん。ありがとう。真一に会ってわたしも決心ついたよ。ほら、行ってあげて」

トンっと背中を押す絵瑠に、「……絵瑠、おめでとう」と、真一ははっきりした口調で言うと、あたふたとジャケットを羽織り、大急ぎで外へ向かっていったのだった。真一が出ていき、自動扉が閉まったのを見て、絵瑠は、本当に本当に決意したのだった。

＊＊＊

「えー、皆さん、皆さん。はい、注目です！　えー、このたび、我がレシューが誇ります天才シェフの絵瑠さんが、僕たちを見捨てて、イギリスに旅立つことになりました―。はい、拍手！」

数日後、絵瑠はいつも働いていたレストランの厨房ではなく、ホールにいた。白熱灯の淡い光が絵瑠の顔を煌々と照らしている。いつもよりドレスアップをしている絵瑠の隣には、啓が嬉々として座っていた。今日は、絵瑠の送別会だ。テーブルの上には、絵瑠ではなく、同僚のシェフたちが腕によりをかけて作った料理が並んでいる。どれも丁寧に作られており、いつもに増して美しく見えた。絵瑠が、これらを作ってくれた彼らと一緒に働くのも、もうあと数日だ。

「おめでとうー」

「ひゅーー！」

今まで共に働いてきたスタッフたちの拍手とお祝いの言葉が飛んでくる中で、絵瑠と啓は、お互い見つめ合うと、共ににっこりと微笑んだ。司会役を買って出てくれたアキが、嬉しそうに進行する。

「そして、こちら！　アラサー女の心を鷲掴《わしづか》みにした若手天才ジュエリーデザイナーの倉田啓くんです！　どうぞ〜」

アキに紹介されると、啓はガタリと音をたて椅子から立ち上がった。

「えー、ただ今ご紹介にあずかりました、人でなしの倉田です！　どうもどうも！　絵瑠は俺に任せろ！」

そんな冗談も飛ばしニカッと笑う啓に、会場はますます盛り上がった。

「よっ、人でなし！」

「任せっぞー。泣かすなよー！」

至福の時間だった。こうして、皆に祝ってもらうことがこんなに幸せだとは絵瑠は、今日まで知らなかった。啓にとっても、それは同じだった。二人は、新しい未来に胸を膨らませながらも、ここにある今を存分に楽しんだ。啓は、送別会の間、楽しそうに笑う絵瑠を何度も何度も見つめていた。

二〇一二年三月二五日　ＰＭ十二時十五分
雨に濡れた東京タワーが、啓のことを見下ろしていた。啓は、東京タワーがすぐ傍に見える公園でビニール傘を手に、ぼんやりと誰かが来るのを待っていた。

「やあ、先日はどうも」

現れたのはスーツ姿の真一だった。

「どうも。……あ、大丈夫っすか？」

啓が真一の口元を見て、きまり悪そうに尋ねた。真一の唇は、右端のほうが赤くなり軽く膿んでいた。真一は大袈裟に肩をすくめると、やるせない笑みを浮かべた。

「全然大丈夫じゃないよ。お返しに俺にも一発殴らせろ」

二人の間に何が……？　実は、その傷は啓に殴られたことによってできたものだった。

「それは無理っす」

間髪入れず返す啓に、真一はふっと笑ってみせた。

「まあ、いいや……。呼び出して悪かったね。絵瑠の友人の橘です」

真一は慣れた手つきで名刺を一枚取り出すと、啓に向かって差し出した。啓がそれを受け取ると、真一は握手を求めたが、啓は真一と握手を交わすより早く、差し出しかけた手を引っ込めてしまった。

名刺の『橘 真一』という名前を見た途端、目の前に立つこの男が、かつて絵瑠が好きだった男だと気がついたからだ。

「……」

真一は、手持ち無沙汰になった手を静かに下ろすと、そのままその手を胸ポケットにつっ込んで煙草を一本取り出しくわえた。そして、ライターでカチカチっと火をつけながら、その場にしゃがみ込んだ。啓もつられて、隣にしゃがんだ。

「……あいつ、いい女だろ」

真一は唐突に言った。

「……？」

「絵瑠、他の女とはちょっと違うんだよなあ。あいつはすごい。俺なんかとても手が出せないよ。……」

真一は、ふうっと息を吐くと、チラリと横目で啓を見た。

「いいよな、若さの勢いって」

真一に言われた途端、啓はムッとしたが、真一はおかまいなしに続けた。

「俺はあいつが料理しているときの顔がたまらなく好きなんだ。……凛としていて清廉で誰も立ち入らせない。そのくせあんな華奢な体で、すごく独創的でダイナミックな料理を作る……」

真一の言葉にはまだ続きがありそうだったが、啓がむっとして遮った。

「……あんた、何が言いたいの？」

真一はぐっと言葉をのみ込むと、少し間を置いてからすくっと立ち上がった。

「あいつは、新しい店を任されるビッグチャンスを蹴って君とのイギリス行きを選んだんだ」

「……え」

啓は目を見開き、真一のことを見上げた。真一は、啓のことをじっと見つめていた。真一が嘘をついているようには見えなかった。けれど、啓は、絵瑠からそんな話は一度も聞いていない。絵瑠が、ビッグチャンスを蹴って自分についてくることを決めただなんて、そんなことは知らない。

真一は、突然きちっと姿勢を正すと、ぼんやりとしている啓に向かって深々と頭を下げた。

「絵瑠を、幸せにしてやってくれ。……頼む」

その姿はあまりに真剣だった。啓は黙ったまま、ふらふらと立ち上がった。あまりの驚きで、その後も、啓の口から言葉は何一つ出てきやしなかった。

二〇一二年四月三日　PM十一時四十二分

閉店後、絵瑠はスタッフ皆が帰ったあとも、一人店に残っていた。ライトが落ちた薄暗い厨房で、調理台だけが煌々と灯りに照らされていた。そこで、彼女はいつもと変わらず、真剣にオマールエビを調理していた。

「あいつ、本当に絵瑠に惚れてるんだなあ」

ワインを開けながら、話しかけてきたのは真一だった。今日は二人だけのお別れ会だ。絵瑠は、手を止めないまま微笑を浮かべ尋ねた。

「……で、この間は男二人で一体何話してたの？」

真一は、一週間前に啓と会ったときのことを思い出し、目を細めた。伝えたいことはちゃんと伝えた。きっと、啓は身を引き締めて、これまで以上に絵瑠を大切にするに違いない。真一はそう確信していた。

「内緒。それより、できた？」

「はい、おまたせ。オマールエビのジュレ」

絵瑠が自信に満ちた顔で、真一にそれを差し出した。今日は、絵瑠の分もある。

「きたきたー」

真一は嬉しそうに席に着いた。絵瑠も向かい合った場所へと腰を下ろす。二人は先ほど真一が注いだワインの入ったグラスを手にすると、お互いじっと見つめ合った。

「それじゃ、わたしの甘〜い未来と」

「俺のしょっぱい将来に」

二人は肩を揺らしながら「乾杯〜！」と、ワイングラスを重ね合わせた。それからすぐ、真一は絵瑠の作ったオマールエビのジュレを食べ始めた。

「んーうめー」

思いっきり唸ったあと、感嘆の息を吐く真一に、絵瑠は目を細めた。

「やっぱりこれだよな。しばらくこの味ともお別れかあ……」

真一はジュレを、フォークで忙しく口に運びながらしみじみと言った。真一は食べながら続けた。

「でも、信じられないよな。だって出会ったころ、絵瑠『わたしは男になんか頼らない！　一生一人で生きていく！』って豪語してたもんな」

「やめてよ、もう五、六年も前の話なんだから」

「あのころは男と別れたばっかりだったけ？」

絵瑠はワインを飲むと頷いた。

「懐かしいな。……あの人、今何やってんだろ」

真一もワインを一口、口に含んだあと言った。

「ものすごいはまりようだったって、アキが言ってた」

「まあ、あのころは、彼のためなら何でもできるって思ってたけどね」

頷く絵瑠を、真一は優しく見つめた。

「今なら落とせると思って口説いたけど、全然だめだったからな――」

「そうだっけ?」

真一の顔を覗き込む絵瑠に、彼はいたずらに笑った。

「気付いてたくせに」

「全然。ずっと男扱いされてると思ってました」

真一は、微笑みを浮かべたままナイフとフォークを動かし続けた。

「……まあ、あのころはスッピンジーンズだったからな」

「仕方ないでしょう。下っ端で大変だったんだから」

「絵瑠、いつ会っても寝不足そうな顔してたよな」

二人は、昔を懐かしみながら盛り上がった。あのころから、随分と長い月日が流れてしまった。いつもお互いを身近に感じていたけれど、もうすぐ、絵瑠のほうは口ンドンへと旅立ってしまう。

「で、彼女とは上手くやってんの？」

絵瑠が急に話題を今に戻すと、真一は、目尻に皺を浮かべてみせた。

「まあね。大変だよ、毎晩せがまれちゃって」

「はは、はいはい。で、仕事は？　どうすんの？」

そんなことも二人の仲だから、遠慮することなく聞けるのだ。真一は口元をナプキンで拭った。

「迷ってるんだけど、しばらく旅行にでも行こうかなと思ってさ。ニューヨークにでも行こうかな」

「どうせならロンドンにしなよ。うちに泊まれば宿代もただになるでしょ」

笑顔で提案する絵瑠に、真一は嬉しそうな顔をして、でもあえて真面目な口調で言った。

「俺はロンドン行ったら、ホテルはクラリッジって決めてるの」

真一のそのいつもの調子に、絵瑠は柔らかい表情を浮かべると、優しく言った。

「でも、まあ、来るときがあったら連絡してよね。せっかくだから会いたいし」

真一は彼女を前に一瞬だけ動きを止めると、考えてから呟いた。

「……なんか絵瑠、変わったね」

「何が？」

「何だろう……、かわいくなった」

真一は、大真面目に言った。言われた絵瑠は、肩を揺らしたあと、わざとらしく「うーん」と首を捻り、それから真一をじっと見つめて言った。

「今のは分かった。口説いてるでしょ？」

絵瑠は、幸せで満ち足りた顔をしていた。そんな絵瑠を見て、真一もまた幸福な気持ちになった。真一は目を細めると、にこやかな顔で頷いた。

「よくできました」

「ふふふ……」

「ははは……」

二人は、おいしい料理とワインを前にいつまでも笑い合うのだった。

＊＊＊

「ごちそうさまでした」

「お粗末さまです」

一緒に料理を食べて、ワインを飲んで、昔話に花を咲かせて。時間はあっという間に過ぎていった。夜も更けたころ、もう帰らなければならなくなった真一を、絵瑠はシェフとして友人としてレストランの正面玄関から見送った。

「本当は餞別《せんべつ》渡したいんだけど、身ぐるみ剝がされて、もうジャケットしか残ってないんだよ」

灯りの消えた店の前で着ているジャケットをひらひらとさせて、おどける真一に絵瑠は微笑みを浮かべつつ、首を横に振った。

「今日は、会えて嬉しかった。真一、ありがとう」

絵瑠がはっきりと言うと、真一もおどけるのをやめて、真顔になった。

「絵瑠、気をつけて行ってこいよ」

二人はじっと見つめ合った。

「うん。……じゃあ」

「また」

そうして、お互いが最後の挨拶を交わすと、絵瑠はゆっくりと彼に背を向けた。真一のほうもまた、自分の進む方向へ向かって静かに歩き出した。

「……」

しばらく行ったところで、真一はふと立ち止まり、絵瑠のほうを振り返った。絵瑠は店へ続く階段をゆっくりと下っているところだった。ひっつめた彼女の長い髪の毛が揺れるのが見えた。けれど、顔はもう見えなかった。二人の距離は、ゆっくりと、でも確実に離れていく。遠くなっていく絵瑠の背中を見つめたあと、真一はまた前を向いて歩き出した。そうして真一が歩き出してしばらくしたとき、今度は絵瑠のほうがゆっくりと振り返った。でも、彼はもう振り返らなかった。小さくなっていく真一の背中を絵瑠はただぼんやりと見つめていた。

6 years before

二〇〇六年一月二十四日　AM〇時〇二分

とても寒い日だった。その日は、東京でさえ雪が降り積もり、皆が皆凍りつきそうだった。その日、真一の経営する会社は、都内でも屈指のフレンチレストランのオーナーの柏崎から急な注文を受けていた。降り積もった雪のせいで、従業員が会社に戻るのが遅れていたので、真一が柏崎の元に食材を届けることになった。

「あー、すみませんね、社長自ら。このところの雪でちょっと仕入れが不安定で」

真一がレストランの扉を開けるとすぐに柏崎が駆け寄って、とても申し訳なさそうに頭を下げた。大きな箱を抱え、エントランスから入ってきた真一の肩には真っ白な雪が降り積もっていた。

「いえいえいえいえ、いいジビエ(野生の鳥獣肉)が入ってますよ。特にコルベール(鴨)は身がしまってて上等です」

真一は肩に積もった雪を振り払いながら、柏崎に笑顔を向けた。

「おお、これは素晴らしいなあ……」

真一の運んできた食材たちを見て、感嘆の息を洩らす柏崎に真一は目を細めた。

そのとき、ふと厨房が真一の目に留まった。厨房には、着慣れない白いコックコートに身を包んだ若い女の子が、凜とした真剣な眼差しで包丁を握っていた。包丁を握る小さな手のひらは、あかぎれだらけに見えた。

「……彼女は?」

真一が尋ねると、柏崎は食材から目を離し、真一の視線を追った。

「ああ、うちの見習いです。まだ賄い担当なんですけど、あれは練習の虫でね」

柏崎はそう説明すると、また真一の運んできた食材に目を戻した。

「……」

真一が初めて絵瑠を知った瞬間だった。

その日から、真一は絵瑠のことが気になって仕方がなかった。職業柄、色々なシェフや見習いを見てきたけれど、あんなにも真剣な眼差しを持つ者を見たことがなかったのだ。とある日、また絵瑠の働くレストランから食材の注文を受けた真一は、あの雪の日と同じように、自らがそれを届けることにした。

「……なんですか⁉」

堂々と厨房に入って、おもむろに台の上に食材を置いた真一に、作業中だった絵瑠は目を丸めた。

「しっ！……密輸」

真一は唇の前に人差し指を立てると、いたずらっぽく笑ってみせた。

「これ、シェフには内緒ね」

「……」

台の上には、見るからに新鮮なオマールエビがうごめいていた。これは、注文された食材の中にはないものだった。絵瑠は、そのオマールエビをじっと見た。長い足が元気よく動いている。

「このオマール最高でしょ。これで、何か作ってよ」

真一は、箱の中から一匹取り出すと、それを絵瑠の前に置き、ほがらかに言った。

「……こんな高い食材、まだわたしには使えません」

慌てて首を左右に振る絵瑠に、真一は笑顔で言った。

「大丈夫。毎日練習してるんでしょ。それに、失敗しても俺の胃袋に入っちゃうし」

「でも……」

真一は戸惑う絵瑠の目をじっと見てきた。真剣な目だった。一流のシェフになるのが絵瑠の夢だ。こんなに新鮮なオマールエビ、なかなかお目にかかれるものではない。もちろん、調理してみたい。でも。

「俺、めちゃくちゃ腹減ってるんだよ。お願いします」

絵瑠はその言葉に背中を押され、決めた。ずっとやってみたかったことだ。新鮮な食材を自分の手で魔法にかけてみたかったのだ。彼女は小さく頷き、ゆっくりと深呼吸して呼吸を整えると、意を決して、目の前に置かれたオマールエビに手を伸ばした。そして、それを潔くさばきはじめた。そのテキパキとした手つきに、料理が好きでしょうがないといった絵瑠の目の輝き、表情に、真一は目を細めた。

その日、絵瑠が初めてさばいたオマールエビで作った料理はジュレだった。美しく盛り付けられたそれを差し出されると、真一は早速、一口頬張った。

「……うーん……」

口に運んでしばらく、真一は目をギュッとつむり、唸った。

「……どうでしょうか?」

おそるおそる尋ねる絵瑠に、真一はゆっくりと目を見開き言った。

「うまい!」

「……」

「ほら、君も食べて」

まだ少し心配そうにしている絵瑠に、真一は自分のフォークにそれを新たによそうと、彼女の口へと運んだ。

「……」

絵瑠は耳に熱を感じつつ、それをしっかりと味わった。その間、真一も、一口一口、まるで慈しむようにして大切に食べ続けた。

「うーん……。こんなうまいエビのジュレ食ったの初めてだな。やっぱり君、才能あるよ。俺が見込んだ通りだよ。あー、今日はいい日だな！　神様、ありがとう！」

真一は突然、天井を見上げ大声で叫んだ。絵瑠の目には、真一が、冗談ではなく、心底本気でそうしているようにしか見えなかった。実際、真一は大真面目にそうしていた。絵瑠は、こんな人に会うのは初めてだと思った。

「どうしようかな～。ワインも飲んじゃおうかなぁ。……うーん、うまいっ」

ジュレを一口食べるたびに、真一はギュッと目を閉じ、その味を噛みしめ唸った。

「……」

その姿を見ているうちに、絵瑠の目から涙がゆっくりとこぼれ落ちた。自分の料理にこんなにも感動してくれる人がいるなんて。それがこんなにも嬉しいことだなんて。真一はあっという間に、でも、宝物を食べるようにして、それを完食した。

食べ終わると、彼はポケットに手を入れた。

「ご挨拶が遅れました。僕……」

「知ってます。T&Bの橘社長」

絵瑠は慌てて涙を拭った。真一は、少し面喰らった顔をして、出しかけた名刺を引っこめた。絵瑠ははにかんで言った。

「仕事はできて有能だけど、とにかく女に手が早いから気をつけろって、うちのギャルソンが言ってました」

「まいったなぁ。どうせアキでしょ。……ねぇ、また密輸しに来るから俺を練習台に使ってよ」

真一はじっと絵瑠の目を見つめた。真一の目には、絵瑠の姿だけがくっきりと映っていた。それは、期待のこもった温かい眼差しだった。

「……はい」

恥ずかしそうに俯く絵瑠の顔には笑顔がこぼれたのだった。

二〇一二年四月七日　ＰＭ六時四十五分

「ただいま」

絵瑠が部屋に戻ると、そこには柔らかい笑みをたたえた啓の姿があった。室内は段ボール箱で埋まっている。引越しの準備は、だいぶ進んでいた。

「おかえり」

「結構片付いたじゃん」

部屋の中を見渡し、にっこり微笑む絵瑠に、啓は「うん」と頷いた。絵瑠は段ボールに書かれた文字をなんとはなしにチェックしながら「でも荷物多いよね。向こうの家に入りきるかな」とぼんやり呟いた。啓はそんな絵瑠の背中をただじっと見つめていた。愛しい愛しい彼女の後姿を見つめていた啓は、そっと囁いた。

「ねえ、絵瑠さん」

「うん？」

振り返った絵瑠に啓は言った。

「……イギリス行くの、やめたら？」

「……え？」

絵瑠は眉間に皺を寄せ、啓のことをじっと見た。啓は絵瑠から目をそらすと、部屋に積まれた段ボールを見渡しながら言った。

「だって……荷物多いし、こんなに向こうの家に入りきらないよ」

「……」

「それに荷物まとめてて思ったけどさ、絵瑠さん結構ブランド物多いし、向こうに行ったら収入は減るわけでしょ？　そんなの俺、養えないと思うし」

啓はできるだけ軽い口調で言うように努めた。けれど、絵瑠がそれを軽く受け止められるはずはなかった。

「啓……」

困惑した表情を浮かべる絵瑠に、啓は視線を向けると、彼女の瞳をじっと見つめて言った。

「ごめんね。自分から誘っといて、急にこんなこと言い出して。……でも、俺もう決めたから」

啓の声が微かに震えている。啓が、突然こんなことを言い出す理由に絵瑠が気がつかないはずはなかった。

「啓、わたし……」

絵瑠にそれ以上言わせてはならない。彼女が「自分の夢をあきらめてでも啓についていく」と言えば、せっかくした決心が揺らいでしまう。啓にはそれが分かっていた。それでも、それを言おうとしてくれている彼女が愛おしすぎて。啓はたまらなくなって、彼女をギュッと抱きしめた。

「……絵瑠さん知ってた？　俺、結構強いんだよ」

「……」

愛しい彼女の体温が、伝わってくる。彼女の長い髪の毛が指先に絡む。シャンプーの残り香が鼻をくすぐる……。自分の腕の中で涙ぐむ絵瑠に、啓はありたっけの笑みを浮かべてみせた。

「だから、一人でも大丈夫」

「……」

「……行ってきます」

啓は自分が上手く笑えたかどうか分からなかった。それでも、必死で作った笑みを顔に貼りつけたまま別れの挨拶をすると、ゆっくりと絵瑠に背を向けた。そのときもう、啓の目は涙で濡れていた。それを絵瑠に気がつかれないよう、啓は愛する彼女の部屋から静かに出ていった。

「……」

絵瑠は啓が出ていったドアを眺めながら、へなへなとその場に座り込んだ。涙がとめどなく溢れだした。啓が去った事実に、彼のあとを追わない自分に、絵瑠はただただ涙した。

二〇一二年四月九日　AM七時〇五分

出勤しようと部屋を出てきた絵瑠を見て、真一は目を丸めた。

「絵瑠……、何やってるの？」

絵瑠は気まずそうに目をそらすと、むっとしたように呟いた。

「そっちこそ」

「俺は、絵瑠にちょっと言いたいことがあって。まだギリギリ間に合うかなって思って来たの。って、そっちは何やってるの？　こんな朝早くからどこ行くわけ？　まさか仕事じゃないだろ？　イギリスは？　年下彼氏はどこ行ったの？」

心底驚いて質問ばかりしてくる真一に、絵瑠は少しぶっきらぼうに返した。

「うるさいなー。振られましたよ。仕事も恥を忍んで、そのまま続けさせてもらうことにしたの。やめてくれる？　人の傷に塩塗るの。そっちこそ、こんな時間に来て、毎晩せがんでくる彼女はどうしたのよ？　どうせまた愛想尽かされたんでしょ」

「……まぁ、そんなところかな。でも、俺のことはどうでもいいんだよ。あのさ、絵瑠、俺、実は、新しい事業を始めたんだ」

「え、そうなの？」

絵瑠は驚いて真一の顔を見上げた。真一の言いたいことというのは、おそらくこのことだったのだろう。それにしても、さすが真一だ。けれど、彼女のことに関してはどうだろう。今度こそ本気の恋をしているようだったのに。絵瑠は少し複雑な気持ちになった。けれど、誰だって色んなことがある。自分がそうであったように、これが最後の恋だと思ったとしても、神様はいろんないたずらを仕掛けてくる。

「何人か残ってくれた奴がいてね。資金もないし大変ではあるけど、今度こそ自分が本当に好きな飲食業で一から出直そうと思って」

「……そっか。真一、おめでとう」

なにはともあれ、友人の門出だ。絵瑠がにっこりと微笑むと、真一は目を細め頷いた。

「でも、本当に始まったばかりだし、これからだけど……」

言いかけて真一はハッとした。唐突に姿勢を正すと、絵瑠の目をじっと見つめて言った。

「なぁ、絵瑠、シェフとしてうちに来てくれないか?」

絵瑠の顔がくっきりと映っている真一の二つの瞳も、口調も真剣そのものだった。

絵瑠は真一を見上げたまま、しばらく黙っていたが、急に口元を緩めると言った。

「考えとく。でも、今日はもう行かなくちゃ。またゆっくり聞かせて」

笑顔でそう言い残すと、絵瑠は颯爽と歩き出した。風に髪を靡《なび》かせながらどんどん進んで行く絵瑠の後姿を真一は、優しい眼差しでいつまでも見つめていた。

After 4 years

　表参道で客がひっきりなしに入る人気のフレンチレストランがあった。そのレストランはほんの数年前に建ったばかりだが、この激戦区でみるみるうちに上りつめた。おいしい料理に、愛ある接客、居心地のいい空間――。

「アキちゃん、これお願い」

「ウイ！　あ、絵瑠、あと、三番、アスパラガス　ア　ラ　デマンド　デ　ソース」

「ウイ、ダコール（了解）」

　ランチタイム、今日もそのレストランは客で賑わっていた。

　そのレストランで活躍しているシェフ、それは他でもない絵瑠だった。アキも、同じ店で一流のギャルソンとしてしっかり働いていた。慣れた口調でオーダーを通した直後、アキがはたと絵瑠を呼びとめて、そっと尋ねた。

「絵瑠、今日ってエビのジュレできる？」

　絵瑠はアキのその質問に、ゆっくりと目を細めると頷いた。

「ちょっと時間がかかるって言っといて」

絵瑠の返答に、アキも微笑む。

「ウイ」

絵瑠は、早速イキのいいエビを取り出すと、調理に取り掛かったのだった。

いつもと同じように丹精込めて作ったエビのジュレ。でき上がったそれを、絵瑠が自らテラス席へと運んでいく。一番奥のテラス席には、店のオーナーである真一が座っていた。……そして、その向かい側には、見慣れぬ若い女の子が座っていた。

絵瑠はにっこりと微笑むと、ジュレをテーブルに載せた。

「お待たせしました。……真一、ちょっと」

「何？」

絵瑠は真一を席から下ろすと、小声で、でも若干ヒステリックに言った。

「何じゃないわよ。うちの店で堂々と浮気ってどういうこと！」

ちょっぴり怒っている絵瑠に、真一は全く動じず、キョトンとした。

「浮気じゃないよ。ヒカリちゃんは今度うちの店で働いてもらう子」

それから、彼はオーバーに、手を掲げて大きな声で言った。

「俺は、絵瑠が一番だから！」

そして、彼はランチタイムで店が混み合っているのにも拘らず、堂々と絵瑠を抱きしめたのだ。絵瑠は「はいはい……、もういいや」と、呆れつつも微笑を浮かべると、するりと真一の腕から抜け出し、厨房へと戻っていった。

絵瑠が戻ったあと、真一は着席し直すと、目の前に座る女の子に言った。

「さ、食べよう。この料理はね、世界で一番おいしいから！　さあ、召し上がれ！」

澄んだ青空の下、鮮やかなオレンジ色のエビのジュレを前に、真一はこの上なく幸せな笑みを浮かべたのだった。

＊＊＊

後日、絵瑠と真一は笑い合いながら、通りを歩いていた。二人が、たまたま通りかかったレストランの中に、とある女性がいた。それは、かつて絵瑠が働いていたあのレストランで、ウエイトレスとして働いていた女の子のようだった。何かに惹かれるようにして、絵瑠はほんの一瞬だけ足を止めた。が、女の子も絵瑠もお互いに気がつくことはなかった。

「絵瑠？　ほら、行こう」

「あ、うん！」

絵瑠は、真一と腕を組んだ。そのとき、背後を歩いていたトランクを手にした若い男が店の中へと入っていったが、彼女がそれに気がつくこともなかった。絵瑠と真一は、お互いの顔を見て微笑みあうと、仲睦まじく歩き出したのだった。

・

二〇一六年四月八日　ＰＭ〇時十一分

わたしがあなたを
愛する理由、
そのほかの物語

END.

祥伝社文庫

L et M エルとエム
わたしがあなたを愛する理由、
そのほかの物語

平成24年6月20日　初版第1刷発行

著　者　市川《いちかわ》しんす

原作者　寒竹《かんちく》ゆり・鎌田智恵《かまだちえ》

発行者　志倉知也

発行所　株式会社 祥伝社《しょうでんしゃ》

東京都千代田区神田神保町3-3
〒101-8701

電話　03 (3265) 2081（販売部）
電話　03 (3265) 2087（編集部）
電話　03 (3265) 3622（業務部）

http://www.shodensha.co.jp/

印刷所　萩原印刷

製本所　ナショナル製本

ISBN 978-4-396-38076-2